P

권
기
덕
시
집

시인

의

말

봄, 여름, 가을, 겨울이 공존하는 방

죽은 새들로 가득했고

머리와 발이 점점 뒤바뀌기 시작했다

누군가 내 이름을 불러주었다

2부

3부

4부

해설

1부

구술지도

미시시피강을 따라 동쪽으로 4킬로미터쯤 멤피스신전이 보이고 그 언덕에서 바람을 타고 벼랑 끝으로 가면 지도에 없는 길이 있다 북미 인디언에 의하면 그 길은 말하는 대로 길이 되는데 되돌아올 수 있는 방법은 오직 죽음뿐이라고 한다 말할 때마다 피는 꽃과 나무는 밴쿠버를 지나 알래스카까지 변화무쌍하게 변형된다 갈색펠리컨이 말했다 소리에 축척이 정해지면 풍문이 생긴다고 풍문의 높낮이는 산지와 평야를 만들고 때론 해안선을 달리며 국경 부근에선 적막한 총소리마저 들린다 말에 뼈가 있는 것, 수런대는 말은 지형의 한 형태이다 낭가파르바트의 눈 속에 박힌 새가 말의 시체라는 설은 유효하다 하지만, 완성된 독도법이 알려진 바는 없다 단지 찢어진 북소리 같은, 언술 너머 죽은 바람을 꽃으로 데려다줄, 음운이 춤을 춘다 죽은 자들이 남긴 것은 결국 어떤 지도에 관한 연대기일 것이다

간빙기 보고서

까마귀로 뒤덮인 하늘을 쳐다본다
공중에서 기어 나오는 벌레들
손목시계는 지상의 죽음을 계산하고
발 없는 하반신이 둥둥 떠다닌다

벌레가 닿는 족족 사물은 휘어진다
그림자는 선홍빛 거짓말을 한 뒤
콘크리트 바닥에 스며든다
외눈박이 늑대가 골목을 휘젓는다
툰드라가 땅속으로 사라진 건 우산이 없었기 때문이다

다리 하나가 없는 나는 맨홀에 숨어
우주의 부러진 빛 단면을 떠올린다

켈트족은 도로 위에서 사냥을 했고
가끔씩 북극여우가 신호등 근처에서 출몰했다
까마귀는 벌레 쪼려다 피를 흘렸고
밤이 되자 모든 형체는 흘러내렸다

빨간 운동화를 신고 토끼는 곧 태어날 것이다
사마귀가 로드킬된 짐승의 뼈 핥고
환생을 꿈꾸는 밤,
얼음을 주세요
크레바스를 주세요
변형된 사물 안고 벌레가 기어간다

차라리 추운 여름이었다

무릎이 사라진 어느 무릎의 몽환

쇼핑카트에 죽은 딸아이 그림자를 싣고 쇼핑을 했다 검정색 분유는 줄줄 흘러내렸고 바비인형은 목이 떨어진 채 매장을 따라다녔다 점원이 바코드기로 물건을 찍자 비명 소리가 들렸다 상품명을 읽을 때마다 무릎에선 귀가 마구 쏟아졌다 귀는 검은 천막 속 고양이 소리에 심취되었고 구슬을 문지르던 심령술사의 두 눈엔 핏방울이 뚝뚝 떨어졌다 놀던 아이가 식용유를 붓자 천막은 무겁게 침묵했고 대형마트에선 무빙워크가 일시적으로 중단되었다 떨어진 귀는 구겨진 낙엽마냥 흡착된 소리를 분출했다 소리는 냉정했고 소리는 무늬가 없었고 소리는 말보다 먼저 행동했다 소리는 휘청거렸고 귀는 한번씩 이명耳鳴을 앓는 듯 바닥에서 몸부림쳤다 심령술사의 주문이 격해질수록 무릎은 점점 사라지고 귀들은 방향감을 상실했다 딸아이가 내 이름을 부르며 울부짖었지만 들을 수 없었다 사라진 것들은 발이 없었다 상품명은 은유였고 나는 얼른 은유들을 박스에 구겨 넣은 뒤 넓적한 투명 테이프로 봉인했다 무릎이 없는 무릎이 고장 난 무빙워크를 올라갔다

아이스맨

공중에서 색종이가 뚝뚝 떨어졌다
낙엽이었다 아니,
사람들이 버리고 간 눈동자였다
색종이는 양면에 보색을 띤 채
거짓말을 연발했다
사내는 색종이를 덕지덕지 붙이고
몸을 공회전했다
도시는 빙하기였으므로 비는 내리지 않았다
발 없는 그는 색종이를 온몸으로 오렸다
펭귄들은 물고기 한 마리씩 입에 물고
아이쇼핑 중이었고
나는 이글루에 숨어 모닥불을 피웠다
색종이는 사내의 몸에서
마블링처럼 흘러내렸고 그럴 때마다
동전 소리가 귀를 찢었다
가끔씩 알바트로스가 색종이를 쪼기 위해
빙산에서 날아올랐다
색종이는 누드 인형처럼 웃거나 울었다

사내의 입가엔 오로라 현상이 일어났고

색종이가 새를 잡아먹을 거라곤

아무도 예상하지 못했다

형식의 죽음

화재가 난 숙직실에서 형식이 평소 좋아하던 형식을 발견했다 공산 위의 달이 재로 싸늘히 식어 있었다 형식대로 새끼 고양이들이 소리 내어 울었다 교정의 낙엽들은 거짓 웃음으로 흩날렸다 나는 운동장에서 옷을 벗고 또 벗어 빛을 자꾸만 쫓아냈다 형식적으로

달을 볼 때마다 은빛 볼트가 몸에서 툭툭 떨어졌다 형식이 하나둘 풀려 달아났다 그림자가 계절에 어울리는 액자를 골라주었다 나는 텅 빈 캔버스가 되어 죽은 형식의 이름을 불렀다 나무 그림자들 사이 대머리 소년이 웃었다 빛의 각도에 따라 사물들이 춤췄다 물감을 풀어 온몸을 두껍게 채색했지만

형식은 바뀌지 않았다

아이싱

꼬마야, 네가 낭비한 색연필 때문에 북극곰 폴라가 죽어도 괜찮겠니? 그래 온도가 상승하면 안 되겠지 칼로 연필을 마구 자르거나 불타는 숲 그림을 그려도 안 될 거야 우리는 항상 차가운 생각만 해야 하거든 빌딩도 자동차도 버스정류장도 모두 얼음으로 덮여 있단다 흰 가로수가 흰 바람에게 차갑게 말을 걸지 "죽은 펭귄을 본 적 있니?" "아뇨, 로드킬을 당한 썰매견은 보았어요. 흰올빼미가 날아들어 쪼아 먹었죠." 바람에서 피가 뚝뚝 떨어졌지 네 작은 창에 달라붙은 얼음덩어리를 들여다보렴 얼음에 갇히면 세상은 온통 간결하게 보이지 활엽수는 환영幻影이고 잎사귀는 무럭무럭 꿈을 키우지 바다코끼리가 빌딩에 기대어 쉬면 나는 케이크를 바르듯 창문에서 아이싱 아이싱 풍경을 아이싱하지 너의 웃음소리에서 얼음을 깨면 무엇이 남을까? 그림자는 달리풍으로 흘러내리지 얼음 속에 얼음이 또 있지 언제든 너를 아이싱할 수 있지 꽃잎은 얼어붙은 입이었을 것, 차갑게 너를 건네고 차갑게 너를 보내는 이글루의, 꿈속이었어 개미떼가 부러진 나뭇가지의 속살을 가져갔지 나이테에서 얼음물이 콸콸 넘치는 것 좀 봐! 나뭇가지는 아이싱 아이싱을 외쳤고

북극곰 폴라는 그림자마저 하얗게 칠해주었어 차가운 생각
에 차가운 마음이 더해지면 북극곰 폴라는 죽지 않을 거야
저기 얼음송곳니를 한 물개가 빌딩 꼭대기에서 히죽히죽 웃
고 있는 걸 보렴

−41°

　살육 중인 포식자의 눈동자에서
　풀려나오는 그림자를 본 적 있다
　강물의 마지막 물결 하나가 반짝이듯
　뒷모습이 붉어진다

　(아버지 표정은 사람이 떠나버린 응접실 가구처럼 가지
런히 정리되어 있었다*)

　그는
　말이 없었고
　색깔이 없었다
　자동차 경적 소리에
　퇴색된 잎사귀만 뒤척거릴 뿐

　눈동자는 점점 난폭해졌고
　피투성이가 된 고양이가 내 오른쪽 귀를 물어뜯고 있었다

〉

신은 그로부터 점점 멀어졌다

* 라이너 마리아 릴케의 『말테의 수기』 중에서.

모닥불은 이글루에서 활활 타오른다

망막에서 피가 난다

앞은 보이지 않고 파리가 윙윙거리며 알을 깐다

(제발 나를 파먹지 좀 마)

이글루에서

당신은 코를 킁킁거리고

코가 사라진 나는

탄산음료의 찌그러진 병뚜껑을 떠올린다

포화 직전의 입속에

가득한 체크무늬들

토스트를 굽는 겨울날 아침

당신은 썩은 야채를 배달하고

당신은 죽은 짐승을 요리하고

당신은 죽은 심장을 꺼내지

오늘은 은밀한 날

나는 토스트 위에

썩은 야채를 버무리고
죽은 짐승을 얹은 채
죽은 심장을 토핑하지

아무도 모르게
당신은 내 망막 속에 들어오지
내 눈에서 파리가 다시 알을 까기 시작하지

최초의 사랑처럼 말이야

피리 속 교실

아이들의 지친 귀를 모아 우주로 떠난다

피리를 부는 동안
우주에는 비가 내리고
귀들이 가득한 교실
태양에서 죽은 새들의 노랫소리가 들린다

(귀를 쪼아 먹지 마세요)

귀 하나가 손을 들고
나는 발표 기회 대신
붉은색 분필로 눈동자를 칠해준다
몰래 스캣을 한다

(애야 너는 눈이 없단다)

먼 별을 넣었다 빼본다
창밖으로 빗물은 점점 쌓여가는데

꽃잎은 찢어지고 찢어져
이명耳鳴은 나에게 보내는 추상화

귀에서 검은 나비가 날아오른다
그림자가 없는,
없는 얼굴과 없는 몸 주위를 맴돈다
교실에서 또 귀들이 가득한 교실이 생기고
지구는 점점 멀어져간다

귀 먼 아이들이 하나둘씩
눈동자를 씻기 위해
가시나무에 내려앉는다

죽은 새들이 내 눈을 쪼기 시작한다

세면대 위의 맘모스

냄새도 색깔도 투명한 맘모스
세면대 위에 우두커니 앉아 담배를 피운다
면도를 하고 넥타이를 맨 채
P의 머리를 툭툭 친다

립스틱을 바르며 P가 웃는다
눈을 떼어 코에 붙인 표정이 흘러내리고
혓바닥이 혓바닥을 친친 감아 물뱀을 낳는 아침
물뱀을 털며 세면대 거울이 쳐다본다

맘모스 뿔은 모자이다
모자는 낱말이다
낱말은 담배연기다
담배연기는 와이파이다
와이파이는 구름이다
부풀어진 구름이 둥둥 떠다닌다

구름을 베어 먹는 맘모스

비대해진 욕실에서 하모니카를 분다

툰드라의 노을빛이 거울에 비친다

맘모스가 구부러진 배수관 아래로 사라져간다

괴물

(마룻바닥에서 옥수수가 자라고 있었다)

그는 내 도시락을 훔쳐갔다
마룻바닥에는 그림자가 없었다
그는 내 삶에 관한 글을 쓴다고 했다
옥수수에서 나무 타는 냄새가 났다
나는 얼른 내가 할 행동을 지웠다

그는 나보다 항상 행동이 빨랐다
죽은 친구를 불에 태웠다
아버지를 땅에 묻었다
홀로 남은 어머니에게 사기를 쳤다
그럴 때마다

(마룻바닥과 옥수수가 자라고 있었다)

삐걱거리는 무덤처럼
마룻바닥에서 죽은 자들이 떠올랐고

나는 눈동자를 빼앗긴 채

구토를 했다

레인스틱 연주 소리가 담 밖에서 들려왔다

옥수수는 항상 그의 몫이었다

옥수수는 나보다 더 칭찬을 받았다

옥수수는 나를 때렸고

옥수수는 옥수수를 먹었다

나는 그가 쓰던 내 이야기에 따라

점점 사라지는 중이었다

(옥수수에서 마룻바닥이 자라고 있었다)

리베이트

나는 막대그래프 속 막대, 아버지 외투에서 담배 한 개비를 훔쳐오면 한 칸씩 늘어나죠 아직 내 순위는 6위에 불과하므로 각진 몸을 흔드는 게 중요해요 종종 아침자습시간, 본관 건물 뒤편 주차장에서 상위 순위 친구 향해 이유 없이 달려들어요 오로지 멍을 잘 팔기 위해서죠

순위에 들기 위해선 거짓 학용품비를 잘 활용해야 해요 거짓은 알을 낳죠 알 속에서 눈동자는 점점 검어져요 눈빛은 항상 버려진 필라멘트처럼 가늘게 떨리구요 하지만 나는 마구마구 멍을 팔아야 하죠 빼앗겨야 하죠

아버지는 맞아야 인간이 된다 했어요 막대는 춤을 추듯 따라다녔죠 종종 그림자가 나를 때리기도 했어요 나는 나에게 사육을 강요했죠

마일리지 포인트를 잘 활용해요 사서 선생님에게 대들기 10점, 교장 선생님 욕하기 20점, 담임 선생님에게 거짓말하기 40점, 학교 국악실에서 칼로 장구 찢기 50점, 고발을 고

발하지 않기 100점, 막대는 점점 길어지고 단단해질 거예요

　칠판교실창가단층옥상세숫물침대꿈속이밀어요피를흘
려요피터지게쫓아가야죠모든게명을잘팔기위한일이니까
요X축과Y축이갑자기사라지진않겠죠?

　20년이 흐른 뒤에도 나는 피사체처럼 웃을 거예요 그때에
도 막대그래프가 날 잘 관리해주겠죠 막대는 정말 정직하니
까요

아맛나

아버지는 팥을 씹다가 러시아 하늘로 떠났다 모스크바 광장을 꼭 보고 싶다고 말했다 무더위는 죽음에 관대했고 동네 슈퍼에선 빙과류가 쉴 새 없이 팔려나갔다

고양이 목을 물던 개가 죽자 아이들은 골목에 몰려나왔다 서열을 정한 건 멍의 크기였다 이웃집 아주머니는 멍든 다리가 참 예뻤다 땡볕이 줄줄 흘러내렸다

갈증을 참지 못해 북극여우는 북극을 탈출했다 뼈를 발견하고도 지나쳤다 빗방울에 적응하기 위해 혓바닥을 늘였다 얼음이 먹고 싶었지만 살인을 할 순 없었다

옥상에 널어놓은 빨래는 종종 사라졌다 북극여우를 본 아이들은 담벼락 사이에서 발견되었다 빙과류 막대기가 즐비했다 철거 중인 건물에서도 팥 냄새가 났다

집집마다 아이들은 아버지에게 마구 욕을 해댔고 빙과류에선 거짓말 냄새가 진동했다 그해 여름, 누나는 이웃집 토

끼와 도주했다

아이들의 혓바닥은 점점 길어졌다

아내는 바람난 바람이 죽었다

대체 무슨 일이 일어난 거죠?

샤스틴은 트래킹용 백팩을 꾸린 뒤 양키스 모자를 삐딱하게 써요 아내의 사망 원인을 밝히기 위해 잠복근무를 하죠 운전보조석 야구방망이는 둥글둥글하지만 옆집 남자 브라운의 찢어진 눈은 기분 나빠요 토스트에 케첩이 철철 넘치는 것 좀 보세요 달력 또한 온통 불순한 숫자들로 가득하죠 정원엔 붉은 재킷이 수십 벌 널려 있고 바람은 엉덩이를 흔들어요 넥타이 물방울무늬는 아내가 좋아하던 것이고 아스파라거스는 울음소릴 흡착해요

앞집 여자 제니퍼는 쓰레기봉투에 죽은 고양이를 아무렇지 않게 구겨 넣네요 특히 그녀 남편은 폭력적 본능이 우월하죠 망치 소리가 넘쳐요 샤스틴은 관찰할수록 이웃사람들이 아내를 죽인 게 확실하다 여기죠 그림자는 텅 빈 골목길을 컹컹거리다 사라지고 프렌치프라이와 햄버거는 의심을 더욱 부풀려요 브라운, 이제 그만 정원에 묻은 바람을 실토하는 게 어때요?

〉

다음 날 아침, 브라운과 제니퍼가 만나는군요 살인에 대해 이야기하겠죠 브라운 손에는 타임지가 들려 있고 자신의 완전범죄에 도취된 듯 히죽히죽, 아침부터 칼도 휘두르네요 스테이크 써는 폼이 딱 살인마죠 샤스틴의 스코프는 당신의 심장 바로 그곳에 구멍을 뚫어요 날씨는 선샤인한데 저격수가 된 기분이랄까 제니퍼의 남편 또한 그럴지도 모르죠

"아내의 시체 옆에 있던 자일은 분명 브라운 것이었어요. 그녀는 늘 암벽에서 올라오고 싶다 말했고 나는 염소를 선물하며 웃곤 했죠. 그림자가 물어뜯기면 그녀는 아프다는 말 대신 무성영화를 보았어요. 그러는 동안 빨래건조대의 그녀 손수건은 수십 번씩 젖었다 말랐죠."

브라운이 제니퍼를 차에 태우고 어디론가 출발하네요 샤스틴은 미행하기 시작하죠 창밖 바람이 바람난 개처럼 울부짖어요 차창을 얼른 닫아 개를 토막냅니다 차 안은 온통 피투성이, (×× 모든 게 브라운과 제니퍼 때문이죠) 그녀의 공원묘지를 향하는군요 "그들이 준비한 꽃다발 속에 시퍼런

칼이 숨어 있다는 걸 잘 알죠. 두 번 죽이려는 수작이 분명합니다." 샤스틴은 고개 숙인 순간을 노려 얼른 총을 쏩니다 탕! 탕!

샤스틴은 아내를 정말 사랑했습니다 그런데 이웃들도 죽으면서 이런 말을 하네요 "당신의 아내는 우리를 정말 사랑했습니다."

* 박민규의 단편소설 「롬 소여」를 차용함.

엘뤼아르의 초상

이빨이 흰 늑대가 울부짖었다

소리가 없었다

없는 소리는 구름을 데려왔다

구름에서 코끼리 목이 쏟아졌다

늑대 눈에 코끼리 목을 한 정물이 나를 스케치했다

담

　담에서 P가 흘러내립니다 몽둥이 소리가 요란합니다 담
은 주둥이를 틀어막고 P를 흘려보냅니다 담 너머 담이 겹
겹이 생깁니다 눈동자에 고여 있던 하늘과 구름은 담 너머
에서 점점 사라집니다 담담하게 담 아래에선 맥문동이 꽃
을 피웁니다 P 발톱이 바람과 모래의 시간을 할큅니다 담즙
이 흘러내립니다 울음소리 줄어들수록 담은 점점 P를 닮아
갑니다 컹컹거리며 나를 경계하고 그림자만 보면 짖어댑니
다 담에 물린 자는 울음을 터트리고 담가의 어린 느티나무
는 도망가려 합니다 노을빛이 유난히 빛날 때 담은 달리기
도 합니다 꼬리 추켜올린 채 P의 울부짖는 소리가 온 마을
을 뒤덮습니다 싸늘한 주검이 담으로 변해가던 아버지의 곗
날 오후, 낮달의 희미한 눈동자가 P 속으로 빨려듭니다 담
에서 P 냄새가 사라진 건 태풍 매미에 마을 사람들이 개 패
듯이 두들겨 맞은 뒤였습니다

2부

P석

　담벼락이 무대처럼 보이는 창가에서 나는 언제나 P석이다 고양이가 등장하고 눈빛이 겨우 마주칠 듯한 거리, 그곳에서 나는 너를 지켜본다 표정은 잘 보이지 않지만 혓바닥은 점점 늘어나고 몸짓은 사라진 주인공을 흉내 낸다 주인공의 본능이 네 전부는 아니다 주인공에게 적합한 환경이 너와 전혀 맞지 않을 수도 있다 나와 너 사이에 중요한 건 단지 거리, 너는 광대가 아니라고 했고 R과 S에 대해선 혐오감을 가진다고 했다 너는 너와 너에게로부터 자유롭지 못하고 네 이름과 직업, 색깔, ⋯⋯은 너를 물어뜯기도 한다 가끔 담벼락 밑에서 네 그림자가 버려진 채 떨어져 있거나 고양이 눈동자에 갇힐 때면 또 다른 내가 지켜본다 네가, 너에게, 너를 눈치채지 못하는 나는 P석이다 나는 나보다 나의 거리가 더 중요하다

돼지나무

축사에서 사라진 돼지머리가 재와 함께 뒹군다
어떤 바람이 되었을까

나무가 돼지 소리를 낸다
나무를 돼지와 함께 묶는다
나무에게 돼지를 묻는다

나무는 돼지를 모른다
나무는 돼지 발톱이 몸에 닿는 느낌을 말한다
나무에 섞인 돼지기름이 돼지보다 더 돼지 같다

나무는 돼지머리가 없다
나무가 없는 귀를 기울인다

죽은 입들의 웅성거림……

돼지를 돼지마저 돼지 같은 놈이라 부른다 나, 무는 나무
의 그림자를 찾고 돼, 지는 사람의 그림자를 찾는다 멈춰진

영사기처럼 잘린 혓바닥들이 비탈길에서 검게 굳어간다

하늘에서 환풍기가 돼지나무를 토막 내고 있다
돼, 지, 나, 무, 돼, 지, 나, 무, …… 잘도 돌아간다

춤추는 풍선

나이테 없는 나무가 달빛에 흔들린다

물에 빠져 허우적대던 형의 모습과 흡사하다
그때도 새 울음소리는 몸에서 났던 것

구부러진 팔에서 죽은 새가 태어난다
날개는 처음부터 몸속을 향한 듯

녹슨 기억 따라 새 발톱이 놓였던 자리
파라킨사스 열매가 붉어진다

아가야 눈물은 소리에 가두어야 씨앗이 된단다

죽은 새의 머리에 칼이 박혀 있다

팔에서 태어난 죽은 새가 다시 죽는다
뼈에서 무덤이 생긴다
무덤은 무럭무럭 자라 알이 되어간다

›

나는 바람 부는 대로 흔들리는 게 아니라
죽은 새를 가두기 위해 흔든다

직립은 가장 힘든 숙제였다

응급실

바퀴벌레가 칸막이 커튼 뒤에서 웃는다

아버지 팔에 꽂힌 수액 호스가 목을 친친 감는다
간호사가 피검사를 위해 주사를 놓는다
거즈에 묻은 피, 피는 꽃
꽃C, 꽃B, 꽃G, 꽃I, 꽃P, 꽃R, 꽃T, ······

바퀴벌레가 꽃에 내려앉기 위해 쳐다본다

아버지는 늘 산소가 부족하다
잎사귀가 없다
어떤 나무에는 산소마스크가 꼭 필요하다

바퀴벌레가 죽은 개미를 물고 있다

적갈색 옹이가 나무 몰래 커진다
나무 밖에서 자란다
옹이 속 옹이가 누군가를 부른다

>

바, 퀴, 벌, 레, 가 꽃을 갉아 먹는다

꽃C가자란다꽃B가내리는꽃G꽃I1꽃I2꽃I3꽃I4,……
가모래사장을지나가고파도가칠때마다아버지는꽃P를쏟아
낸다모래에서꽃R들이깨어나고(꽃R)((꽃R))이날아가고다
시꽃B가내리고흑백사진속에서꽃T입은젊은시절아버지가
웃다가울었다……

주사 자국을 오랫동안 꾹 눌러준다

모래시계

모래 속에 나무를 묻는다
까마귀가 날아든다

물어뜯는다

까마귀 속에 양 한 마리를 묻는다
구름이 몰려온다

쏟아진다

빗속에 여자의 창문을 묻는다
날마다 우는 소리가 멀리 간다

(여자의 깨진 귀가) 둥둥 떠다닌다

바닷바람이 달려든다
피 흘리는 시계 한 쌍이 보이고

〉

시계 속에 시계를 묻는다

시곗바늘 위로 잘린 손가락들
숫자와 길항하는 눈동자들

눈동자 속에 죽은 고양이를 묻는다
검은 피가 흐른다

할퀸다

피 속에 나무가 자란다

포토그래프몽타주 No. -1 꽃

잎사귀 하나, 내 몸에 물의 피가 고여요 초록 이빨이 자궁을 갉아 먹죠 흔들리는 생각에 흔들리는 아기가 울음을 터트려요

바람 둘, 새가 물어놓은 풍경은 온통 붉은 빛, 추상어들로 꿈이 채워져요

꽃잎 셋, 나비의 숨소리가 들렸어요 구름만큼 고요했고 구름보다 더 유연하게 춤을 췄죠 비가悲歌와 참 잘 어울렸어요

줄기 넷, 잘려진 내가 잎사귀 왼쪽 어귀에 홀로 있을 때, 밤은 숨 쉬고 별은 새롭게 태어나요 벌레 그림자가 공전하고 세상에 하나밖에 없는 세상이 둥둥 떠다니죠

잎사귀 다섯, 거울이 하나씩 생겨나요 당신 오른쪽은 내 왼쪽과 잘 어울리죠 당신이 당신을 버린다면 깨진 거울 조각이 내 발바닥에 가득할 거예요

여백 여섯, 빛을 만져보세요 빨강, 파랑, 하양, 잘린 공간
들이 낯선 경계를 만나 또 다른 꽃으로 피어나는 시간,

꽃이 없으니 꽃이라 부르겠어요

포토그래프몽타주 No. -2 은행나무

은행잎 하나, 은행잎이 비행기를 가린다 은행잎이 떨어진다 비행기가 떨어진다

은행잎 둘, 은행과 은행에서 빌린 대출금이 떠오른다 소주병과 컵라면을 나무에 붙인다 잎이 점점 커진다

나뭇가지 셋, 구두, 지갑, 새소리를 잘라서 붙여본다 흰 피가 흘러내린다 중첩된 배경으로 열차가 지나간다

바람 넷, 生이 분해되고 있어요 뿌리는 왼쪽에, 둥치는 부러진 나뭇가지 향해, 빛은 나뭇잎과 분리된 채 둥둥 떠다니구요 나이테에선 전구가 반짝거려요

죽음 다섯, 검은 귀가 자라요 강물이 보이죠 죽어 있지만 죽은 건 아니에요 송곳을 떨어뜨려보세요 조각난 의식은 퍼즐처럼 흩어졌다 모이죠

소리 여섯, 비행기와 비행기가 부딪히는 소리, 비행기와

은행이 부딪히는 소리, 비행기와 열차, 열차와 내가 부딪히는 소리, 열차와 열차, 내가 (나)와 부딪히는 소리……

여백 일곱, 눈동자가 하나둘 생겨난다 은, 행, 나, 무가 은행나무 속으로 걸어간다

포토그래프몽타주 No. -3 (비뇨기과 No. 1975)

비뇨기과에 들어간다 그림자 없는 사자가 달린다 사자는 립스틱을 물고 있다 사자가 달리자 립스틱은 절규한다 절규의 안쪽은 고독하고 상상력이 풍부하며 컬러풀하다 절규는 두개골을 꺼낸 뒤 붉은빛으로 흐른다 지친 사자가 얼룩말에게 립스틱을 건넨다 얼룩말은 꼬리에 립스틱을 둘둘 감고 달린다 얼룩말이 십자가를 지날 때마다 절규는 나타났다 사라진다

(간호사가 사자를 부른다) 혀를 좀 치워주세요. 당신이 1975번째 손님입니다만 좀 나가주시겠습니까?

— 왜요?

당신이 물고 있던 립스틱은 립스틱이 아닙니다. 뱀입니다.

— 분명 립스틱이 맞는데요?

절규의 안쪽을 본 적 있나요?

— ……

얼룩말이 진료실에 들어간다 립스틱이 얼룩말 꼬리를 감고 팽팽히 당긴다 립스틱이 달리자 얼룩말이 얼룩을 벗어

던진다 립스틱은 얼룩에서 야성을 떠올린다 스스로를 물어뜯으며 충동적이다 기하학적 문양이 얼룩말을 맴돌고 문양 깨진 자리엔 핏물이 흐른다 야성이 기울어진 그림자를 뱉자 립스틱은 더욱 부풀어 오른다

(의사가 얼룩말을 부른다) 당신이 1975번째 손님 중 제일 힘이 셉니다. 하지만 립스틱 좀 치워주세요.

— 왜요?

립스틱이 감고 있는 건 당신 게 아닙니다. 사자의 것입니다.

— 그럴 리가요? 분명 내 것이 맞는데요?

야성을 감고 달리는 립스틱을 본 적 있나요?

— ……

얼룩말이 비뇨기과를 나간다 얼룩말이 도로 질주 중인 사자에게 립스틱을 건넨다 사자의 붉은 혀가 길어진다

포토그래프몽타주 No. -4 미용실

M은 거울 앞에서 윙크를 해요 뱀이 우글거리는 W는 졸고 있죠 거울이 거울을 훔쳐보면 바리캉 든 미용사는 M의 눈썹을 밀어요 가위는 기린을 자르는 데 익숙하죠 롤링펌을 한 그라디바는 잡지를 찢었다 붙이고

잘려나간 머리카락에서 사바나 냄새가 난다는 걸 눈치채셨나요? 거울 속에서 점점 줄어드는 M, 그 자신만 모르죠 미용사는 임신 중이고 눈에서는 치즈 냄새가 흘러내려요

W 머리에서 뱀이 잘려나가는 동안 거울 속 M은 입술을 깨물고 거짓말을 마구 하죠 거짓말은 음악처럼 몽롱하고 뱀은 바닥에 떨어지며 깃털로, 깃털은 다시 W 몸속으로 날아가 꽃말이 되고

M 그림자는 점점 붉어져요 새로운 환상을 위해 환상을 모두 제거하죠 미용사는 옷을 벗고 M의 온몸을 컷, 컷, 컷!

잘린 것들은 모두 기억에 관한 빙점이에요 거울에서 또

다른 미용실이 생겨나요 M의 유년 시절 커트머리가 앤디 워홀의 〈마릴린 먼로〉처럼 빽빽해요 이제 우리는 '나'와 '거울에 비친 나'가 어떻게 마주할지, M과 미용사의 관계에 대해 의심할 순서예요

이빨 모양의 거대한 바위 아래 작은 구멍이 있고 그 구멍에 누군가 벤치를 가져다 놓았어요 6미터가량 떨어진 지점에 사막여우가 그려진 물병이 묻혀 있고 환영幻影은 비행자전거를 타고 노을 속으로 사라져요

비로소 어떤 그림자가 거울 속 벤치에 앉아 '나'를 끊임없이 바라보죠 나는 W일까요? 미용사일까요? M이 사라진 건 아니겠죠?

포토그래프몽타주 No. -5 거울

즐비한 휴대폰 할인매장을 지나 깨진 거울 속으로 우리는 이유 없이 걸어갔다 팔다리가 점점 분해되어갔다

(햇살) 폭우가 지나갔다 핥으면 핥을수록 단맛이 났다 나는 개처럼 벤치를, 가로수 둥치를, 쓰레기통의 글자를 핥고 또 핥았다 (침묵) 건물과 건물 사이로 양들이 뛰어다녔다 생선을 입에 문 채 거리를 점령했고 거리는 점점 기울어져갔다 총소리는 소리가 없었다 (가위) 생각을 잘라요 주위에 가위는 얼마든지 있죠 거울에 비친 내가 거울에서 변해갈 때 거울은 내 주변을 온통 잘라요 공간이 점점 사라져가요

실체가 시체란 걸 깨달았을 땐 이미 그곳에서 빠져나올 수 없었어 허상은 허상을 낳았고 수많은 허상을 죽이고 또 죽였지만 그들은 다시 부활했지 마치 스타크래프트의 저그들처럼 말이야

(구름의 양) 구름을 빚어 칼로 사용한다 시체에서 물고기가 태어난다 물고기 눈동자에 비친 바람은 몽상의 시간 (무

료 급식소) 왼손으로 밥을 먹자 오른손에서 반찬이 떨어진다
오른손이 국을 마시자 왼손이 허기진 배를 움켜쥔다 양들이
서로 물어뜯는다 (리어카) 시체를 가득 싣고 빨강 모자가 거
울 속으로 뛰어간다 거울이 다시 깨진다 유골의 웃음소리가
들린다

포토그래프몽타주 No. -6 지하철

지하철문이 닫히고 사람들 머리가 잘린다
발목이 잘린다 끌려온 길들이 잘린다
출입문 비상콕에
철썩,
흔들리는 손잡이에
철썩,
맞은편 할머니 마스크에도
철썩,
철썩, 철썩, 그림자가 달라붙는다

버킷백과 장갑, 스마트폰이 뒤바뀌고
애인의 문자메시지는 낯선 남자의 귀에 걸린다
당신 하이힐은 점퍼에 어울리고
당신 목도리는 열차 바닥에 더 적합하다
있어야 할 곳에서 벗어나기 위해
우리는 지하철을 타고
지하철은 우리를 오려 붙이기 위해 땅속을 달린다

＞

철썩,

당신의 상상은 그의 온몸을 조각내고 있군요
하지만, 이곳은 평화로운 흑백사진
당신은 나에게 말한 적 없고
당신은 나를 살인한 적이 없어요
누군가를 그리워해본 사람은

철썩,

열차의 창문에서 내 표정은 더 선명해지고
바람은 거꾸로 불어온다

철썩,

당신은 당신이 아니라 작은 바람이고
당신의 무릎 사이 누군가의 신발이 포개질 때
숨바꼭질 놀이는 다시 시작된다

숨어도 찾지 않는

철썩,

나를 찾을 수 있겠어요?

포토그래프몽타주 No. -7 바오밥나무

　시간은 사라지고 무늬만 남아서 슬립모드. 꿈속에서 죽어
가는 당신을 보았어요 병실 침대에 묶인 채 일기를 썼죠 링
거에서 파랑새가 태어날 때마다 강물에 떠오르는 시체, 파
랑새는 내 심장을 쪼아 먹고 몸속을 마음껏 날아다녔죠 (사
실 파랑새는 원래 몸속에 있었어요) 당신의 시간을 잘게 찢
어서 화폭에 붙이면 파랑새의 찢어진 그림자도 재생할 수
있어요 잊혔지만 표류했던 공간들, 검은 문과 이빨 자국이
낭자한 바오밥나무 뒤로 당신은 점점 사라지고 화폭은 더욱
선명해지죠 아직 내 꿈속에서 당신이 꾼 꿈을 온전히 해석
할 수는 없겠죠 당신은 여전히 잠들어 있고 내 꿈도 아직 진
행 중이니까요

포토그래프몽타주 No. -8 수유실

　달이 출렁 튀어나와요 또 하나의 달이 출렁, 둥근달이 떴어요 또 또 하나의 달이 출렁거리자 신생아들이 달을 빨기 시작하죠 빨강 파랑 노랑 달에는 서랍이 들어 있고 서랍을 열 때마다 녹슨 바람이 새 나오죠 서랍에는 몰래 숨겨둔 개구리가 있어요 상한지도 모르고 베어 먹죠 덜컹거리는 서랍을 다시 뺐다 넣어주실래요? 개구리가 튀어나와요 폴짝폴짝 속싸개 안으로 들어가죠 개구리는 그림자를 풀어놓으며 개굴개굴, 아이들은 자기 달만 열심히 빨죠 간혹 서랍에서 담배도 발견되어요 언젠가 불타는 인형이 걸어 나와 아기 목젖 부근에서 하프를 연주할지도 모르죠 혹시나 엄마 서랍에서 첫사랑을 찾게 될지도…… 빨강 달과 파랑 달이 대화하자 서랍이 하나씩 더 생겨요 노랑 달이 다시 대화에 끼어드니 서랍 안에 서랍이 또 생겨나요 서랍을 서로 바꿔 끼우자 아기들이 개구리를 토해요 달은 점점 부풀어 오르죠 이제 달은 고요하지 않아요 달이 달을 보며 울어요 (개굴개굴) 빨강 파랑 노랑 빛깔이 아기 입술에 고루 섞이죠

포토그래프몽타주 No. -9 계단

　지하에서 비명 소리가 들렸다 토르소였다 장미 넝쿨을 키우고 있었다 그녀 실루엣에서 바다 냄새가 났으므로 해안선을 그려주었다 파도에 떠밀린 그림자 하나가 손 내밀었다 지느러미가 보였다 눈 없는 물고기가 쳐다보니 눈이 사라졌다 그림자에게 꽃을 꺾어주자 푸른 옷과 가방이 뚝뚝 떨어졌다 잎사귀처럼 펄럭거렸다 그녀는 그것들을 얼른 주워 몸에 붙였다 하반신에서 뿌리가 꿈틀거렸다 정말 나무가 되가는 걸까? 그림자가 물어뜯었다 싸늘한 방바닥에서 파도는 출렁거렸고 화장실 변기통 위엔 비상구의 한 남자가 울었다 장미 가시를 드러낸 채 끊어진 계단들이 바다 향해 길을 내고 있었다

포토그래프몽타주 No.-10 납골번호 778

15층만큼 깊은 가을, 납골공원엔 딱 한 번만 오세요

쌓아도 응고되지 않는 구름의 이야기,

집이 완성되면 새를 키워야죠 새의 눈빛으로 창문을 만들죠 창문에서 자꾸만 동전이 튀어나와요 닫혀 있을 때 창문은 더 잘 상상해요

새의 눈을 종이비행기와 함께 띄우려 해요 사연을 싣고 전생에 관한 추상화도 오려 붙여요 머리에서 하얀 발이 무럭무럭 자라는걸요

(눈빛은 갇혀 있지 않아요 당신을 통해 구름은 날고 있습니다)

살아 있는 피를 먹어야 더 가벼워진다는, 구름은 점점 커지고 그림자를 갖게 될지 모르죠 심장에서 퍼드덕 죽은 새가 날아가요

〉

바람이 나뭇잎 떨어트린 시간 지나 나뭇잎이 바람에 몸
맡길 즈음

회전문

약도 팔고 소파도 있고 빵 냄새도 난다
토르소 인형이 길과 함께 잘린다
쥐떼가 피 뚝뚝 흘리며 유리를 갉아 먹는다

코끼리가 코끼리 속에 들어가면
얼룩말의 얼룩이 걸어 나와요

화장품 가게가 빨려든다
간판이 휘어진다
짙은 화장을 한 남자가 나타난다

내부는 날카롭고
차가운 블랙홀

검은 소가 유리에 갇혀 버둥거린다
생각은 돌고 돌아 하얀 배꼽 위에 머무르고
나는 배설물처럼 유리로부터 튕겨 나온다

〉

토막 난 길은 무늬가 있다
둥둥 떠가는 건물들 사이
피아노 건반이 쏟아진다

가도 가도 끝이 없는 회전문에서 유턴한다
수많은 개체들의 몽타주가 나타났다 사라진다

회전문이 몸에서도 우두둑 떨어진다

스마일, 스마일 데커레이션

귀에 걸면 귀걸이, 코에 걸면 코걸이

나는 사라진 물고기가 두고 간 열쇠

웃으려 애써도 웃기려 애써도 몸에선 물소리만 나죠

쉿! 머리핀이 머리를 흔들 때

열쇠는 고유대명사, 열고 또 열어도 이름에 갇히죠

가끔씩 사라진 얼굴을 떠올려요

당신 두 눈에 내가 있고

당신 코에 버려진 내 그림자가 누워 있죠

스마일, 스마일 당신 대신에 눈물을 흘리죠

스마일, 스마일 당신 대신에 바람을 맞죠

스마일, 스마일 당신 대신에 사기를 당하죠

스마일, 스마일 당신 대신에 살인을 목격하죠

스마일, 스마일 당신 대신에 피를 흘리죠

〉

당신을 떠올리며 장식하러 가요
피 냄새, 살 냄새가 당신을 더 웃게 만들 테죠

너의피부는부드러워씹어먹기편하지진실은언제나스펀
지케이크처럼맛있지맛없어도맛있지구부러진동전이귓속
에들어오면너의머리맨꼭대기에붉은꽃이피지꽃은향기롭
고너의머리는사라지지시간은거꾸로흐르고공간은아프지
더이상너는시다가아니지주변이점점증발하고있지

3부

내 몸을 드릴게요

─어느 알비노 소녀의 일기 중에서

　서정적으로 들어주실래요? 절대 잔혹한 것도, 대가를 바라는 것도 아니에요 그냥 달빛조차 없는 날 메두사가 발목을 잘라간 이야기, 잘린 곳을 또 잘라간, 괜찮아요 돌이 되는 것보단 훨씬 낫죠 얼마든지 잘라가세요 내 비린 감정은 타로에 갇힌 채 하얀 참새만 자꾸 태어나죠 귀를 그려주실래요? 입술은 조금씩 찢어지게, 이왕이면 나는 나로부터 되도록 멀어지게 잘라주세요 본래의 불안은 유령이 나타나는 원인에 대한 불안입니다* 어쩌면 당신의 당신 이야기일지도 모르죠 아, 감춰진 것은 소리가 없듯 별빛은 웃고 마라강은 은유로 깜빡이네요 세상에서 빛나는 건 모두 내 살결을 닮았답니다 하하하 지금처럼 모든 게 자라지 않게, 모든 게 푸르지 않게, 모든 게 소리나지 않게 봄이 왔으면 좋겠어요 난 정말 괜찮아요 대신 메두사가 흑판에 숨어 눈동자를 오려도 토막 난 친구 무덤은 말하지 않을 거예요 바람에 꼭꼭 숨긴 채 귀를 그려줄 거예요 친구는 보이지 않는 소리에도 잎사귀가 접혔다 펴지는 걸 알 수 있다고 했어요 차라리 내 몸을 드릴까요? 경청해주신 당신이라면 더 좋겠군요 나로부터 되도록 멀게만 잘라주세요 잘린 손목에서 꽃잎이 피어날 것

같아요 다리 없는 무릎에서 뿌리가 꿈틀거리기도 하겠죠 어
디선가 칼이 또다시 날아와도 난 정말 정말 정말……

* 카프카의 단편소설 「불행」 중에서.

설득

　당신 머릿속에 둥근 방 A가 있습니다 A에는 꽃병과 꽃병이 담고 있는 a의 생각이 활짝 피어 있습니다 타블로이드 신문 냄새가 소파에 널브러져 있고 테이블에 삽입된 의자는 로댕의 생각하는 남자를 떠올립니다 재즈 음악이 벽면에 부딪칠 때마다 장미꽃 덩굴 벽지에는 은밀한 욕망이 자라고 붉은색은 점점 짙어집니다 A는 고요하고 a는 충동으로 가득합니다 이때 적막을 깨고 B가 노크도 없이 불쑥 당신의 방에 들어옵니다 꽃을 꺾습니다 꽃은 a입니다 몽유는 B가 a속으로 들어가는 현상입니다 깜깜한 땅속, 뿌리가 꿈틀거립니다 물관을 타고 올라갑니다 (a)가 숨 쉴 때 기공 밀어젖히고 밖으로 나옵니다 몸에 날개가 펄럭입니다 잠자리가 되었습니다 (B)는 방이 없습니다 물속에 뛰어들기로 합니다 알을 숨겨둡니다 이제 (a)′로 돌아가야 합니다 공중에 누워 b가 되어봅니다 깨어보니 테이블 위의 꽃병이 보입니다 A는 사라지고 없습니다

윗집 두더지, 아랫집 죽은 토끼

두더지가 당근을 뽑았어요

피가 났어요

죽은 토끼 냄새가 올라왔구요

그는 당근을 얼른 자루에 담았어요

나는 자루를 훔치기로 했구요

자루를 훔친 뒤 얼른 방 안에 숨었어요

아버지가 자루에 손을 집어넣자

자루는 아버지의 손을 깨물었고

당근은 더 붉은 피를 흘렸어요

아버지는 자루에 돌을 얹은 채

오디를 따러 갔고

나는 애꿎은 리모콘만 마구 눌렀죠

자루는 갈수록 비릿해졌고

죽은 토끼 그림자마저 빼앗아갔죠

자루는 거짓말을 할수록

점점 커졌고

궁금해진 내가 자루에 들어갈 즈음, 비로소

두더지가 노크를 했죠

"죽은 토끼가 찾아왔어요.

눈물이 났어요.

줄 것이라곤 가위밖엔 없었죠."

자루는 놀라지 않았어요

나는 자루 속에서 당근만 씹었구요

죽은 토끼가 자루를 꽁꽁 묶고

아랫집으로 데려갔다는 사실은

매장된 뒤에야 깨달았죠

풍경이 목덜미를 끄는 새벽

맞은편 나를 외면하는 당신

부산행 새벽 5시 55분발 KTX

당신은 목 졸린 내가

어디로 끌려가는지 창밖만 보고 있군요

무표정한 얼굴로 당신의 이름을 묻지 않을게요 (퀙, 퀙)

국도의 가로수였군요 (흠, 흠)

가로수는 산에게 산은 또 강에게 강은 어느 마을에게

내 목덜미를 건네주겠네요

하늘은 코발트빛, 내 목은 시퍼렇게 멍들어가요 (퀙, 퀙)

당신은 내 뒤편 누군가가 당신에게 보내는 암시를, 은유를

잘 읽어야 해요 불안을 완전히 씻어낼 순 없겠죠 (퀙, 퀙)

고백하자면, 어젯밤 펜타포트 빌딩에서

열두 번의 이혼을 했고

열한 번의 살인을 했죠

오해는 마세요, 피를 흘리진 않았구요

27층 난간에서 구름과 얘기하며

열 번을 더 뛰어내렸죠

나는 지금 수배 중이고 실체가 없는

그러니까 이 기차는 유령의 시간을 달려요

터널이 나를 삼키더라도 뛰어내릴 순 없죠

고장 난 롤러코스터를 생각하면 돼요

지평선은 요철을 억누르는 막대

막대가 풍경에게 명령했죠

"온몸이 드러나기 전에 범인을 죽여"

나무와 강과 다리가 더 세게 목을 조여요 (쾍, 쾍)

스르르 눈 감기는 순간

풍경이 의심해요

유령의 시간이 점점 지나가요 (쾍, 쾍)

블로깅

#24—10:52

껌 좀 뱉지 마세요

그래요 난 월녀月女의 자식

하늘에 개가 날아가네요

#23—23:50

화창한 날이에요

고등어는 날것으로 먹어야 맛있죠

교복 입은 어른들이

담배를 맛있게 피워대요

└▸ *고등어가 담배 피우는 걸 본 적 있어요*

　　검은 연기에 눈물만 흘리더라구요

#22—03:12

삼겹살집 구운 김치 냄새가 분명해요

다들 잘 지내시죠?

……

└▸ *예, 도마뱀 놈아……*

›

#19—15:10

파이터 클럽에서 주먹 뻗기란 쉽지 않아요

말풍선이 터지죠

└ 슬리퍼 슬리퍼 헤비 슬리퍼 바닥이 무서워

　 피에로가 웃는 건 웃는 게 아니죠

#17—14:14

달에도 피가 흐른다는 걸 깨닫죠

무얼 먹어도 맛있지 않아요

안 먹어야 맛있죠

└ 사실 먹는 게 배설이잖아요

　 사람들이 저만 보면 군침 흘려요

　 제가 얼마나 더러운 줄 모르죠 흐흐흐

#17—11:35

거울아, 거울아

세상에서 누가 제일 무섭니?

(얼굴이요 어제도 밤새

칼을 대셨나 봐요)

#16—13:23
도와주세요! 제가 훔친 건
그림자이지 가슴이 아니에요
그녀는 분명 화장실에서 웃고 있을걸요
사랑은 쉽게 얼룩지지 않아요
ㄴ *가슴 아픈 얘기군요 그래도 굶주리진 마세요*
 제가 외운 스캣이나 좀 할게요
 두뚜리 밤바 두따다 둠두 두비 두비 두왓 따 둠두

#14—07:50
지하철을 탔어요
개도 한 마리 태웠죠 혓바닥이 없어요
여러분이 없었다면
라면을 끓여 먹었을 거예요

#14—03:11

달에서 뛰어내린 걸 행운이라 생각해요
나무는 싱싱하고
피자는 신속 배달되죠
└→ *온종일 타로점만 봤어요*
   뒤집어진 전차를 베기 위해 검을 마구 휘둘렀죠
   이제 정말 취업을 했으면 좋겠어요
   스카이 콩콩이나 같이 타실래요?

#13—16:21
아가야, 아가야
아빠 몸에 있는 달을 빨거라
엄마 머리핀은 널 지켜주지 못해
쉿, 어서! 어서!

#12—12:03
주변 모두가 친구라 생각해요
주변 모두가 적이라 생각해요
주변 모두가 호모라 생각해요

└, *타워팰리스에서 뛰어내릴 생각입니다*
  카운트를 다운해주시겠습니까?
└, *당신은 달의 자식이니까*
  지구의 친구인가요? 적인가요?

#11—10:32
어쩌면 일상의 지루함이
거북이 등껍질만큼
구워 먹기 좋지 않을까요?
└, *당신은 더 이상 외롭지 않을 것 같군요*
  스도쿠는 혼자 해야겠어요
└, *망치를 드릴게요 몸에서 못이 튀어나오면*
  마구 내려치세요

#11—02:11
└, *테이크아웃, 테이크아웃*
  에스프레소 말고 소주요!

〉

저 역시 지구를 떠날 시간입니다

댓글은 꼭 남겨주세요

보름 뒤에 뵐게요

마블링

……파란색 간판 안경점에 구름이 세공되는 모습 보여
요 유리문이 늑대와 여우의 눈 새기고 거울에선 종려나무가
바람을 빚지요 세상은 내가 가진 안경만큼 보일 예정이에
요……

……맞은편 2층 보랏빛 간판 커피숍, 천장에 자운영꽃이
눈물을 뚝뚝 흘려요 바닥에는 아몬드빛 여울이 흐르죠 탁
자에 매달려 수군대는 펭귄들, 내 모자가 날아갔다 돌아와
요……

……그 아래 검은색 간판 미용실에선 싹둑싹둑 시간이
잘려나가는군요 떨어진 시간 속에 검은 물이 고였다 사라
져요 소금쟁이가 둥둥 떠다녀요 소금쟁이는 날선 발끝으로
'나'를 쓰고 있네요……

……오른편 1층 옷가게 회색빛 마네킹은 머리가 없어요
소리를 먹는 중이에요 어떤 데시벨도 그에게는 로고가 될
뿐이죠 타투를 새긴 공기가 목에서 또-옥 떨어지고 머리 없

는 그림자가 옷가게에 가득하죠 사실 마네킹이 입은 옷은 내 것이랍니다……

　……빗물에 닿더라도 간판은 녹지 않아요 간판끼리 섞이다 보면 흘러내리죠 색과 색이 만나는 경계가 부드러울 뿐이에요……

　……대각선 붉은색 간판의 레코드 가게에서 오래전 혼합되지 않았던 그녀가 나를 위해 굿바이–투–로맨스*를 불러요 헬륨 가스로 부푼 거북이가 비상구 향해 날아가는 것 보세요……

　……흰색 바탕 검은 글씨 새겨진 통신사 간판에 죽은 자의 전화번호가 흘러내리는군요 빗속에서 쪼그린 채 새는 왜 그렇게 울고 있었던 걸까요? 방금 개통된 나의 새 핸드폰이 울리네요 새가 날아들어 금세 둥지를 틉니다……

　……신호등에 붉은 불이 들어왔어요 분홍색 폰트의 배스

킨라빈스 간판이 젖은 바람 얼리죠 스트로베리 구름이 층층이 포장용 그릇에 담기구요 구름은 녹으면서 색을 점점 잃어버려요 내 그림자처럼 말이에요……

　　……빗방울 거세질수록 간판들은 기름처럼 둥둥 떠 옆으로 눕네요 자운영꽃 떨어진 자리에 소금쟁이가 검은 물을 밀어내구요 마네킹 목에 보랏빛이 고이면 거북이가 죽은 자의 전화번호를 섞어요 이제 배스킨라빈스에서 만들어진 구름을 배달해도 되나요?……

* Ozzy Osbourne. "I've been the king. I've been the clown. Now broken wings can't hold me down. I'm free again."

(볼록거울)
—편의점에서

바나나우유를 훔친다 거짓말을 한다 팔다리가 몸에 달라 붙는 느낌, 뱀이나 어류를 생각하면 된다 (상품명은 당신이 지어줄래요?) 상품과 상품 사이 그리드를, 그 단순함 속에 눈이 내리고 나는 거꾸로 매달려 또 다른 도형을 상상한다

자전거를 타는 곡예사, 너는 왜 바나나를 훔치지 않니? 친 구가 없어요 항상 불안해요 엄마는 단순함을 못 견디죠 젖 은 담배를 몰래 피웠지만 내 그림자조차 날 피하죠 하지만 서커스유랑단 원숭이 역할이 참 잘 어울린대요

훔친 바나나우유를 떠올릴 때, 편의점은 편애적 공간이 되고 내가 훔친 사실은 증발한다

도형은 웃어도 웃질 않는다 물어도 대답하지 않는다 내가 너를 훔쳤을 때 내 몸에서 저절로 떠오르는 빛, 낯선 이름의, 낯선 상품의

편, 편, 편을 외친다

숯, 마티스의 붉은 방에 가다

마티스의 붉은 방에 초대되었어요
벽시계와 박달나무 의자는 보라색으로 젖고
당신과 나 검푸르게 변해가는 중이에요
푸르뎅뎅한 과일바구니에 밀려난 포도주잔
세기말의 이야기로 넘어져 있을 때
유리창이 오후의 역광을 더듬고 있어요
당신은 나를 정물로 대할 뿐 졸고 있네요
휘우듬한 생 증발하는 야성의 빛깔은
깃걸개 있어 하늘에 매달리나요?
횡성숯가마에서 다비식 치를 때처럼
늑골뼈 결리더니
일천칠백 도만큼 발화하면
사리빛 같은 것 보여주나요?
갈라진 몸피에서 애벌레 냄새 솔솔
되새김질하고픈 삶 길 낼 때마다
나이테의 울림을 잘강거렸구요
자벌레 꿈틀거림이나 겨드랑이 속 매미 울음소리 같은 것
당신의 곤죽마저 그 울림 속에 섞여요

갇혀 있던 달 부스러기가 바스락바스락

잎 그림자 거닐며

당신에게 내가 흡입되는 상상력의 끄트머리

숨소리 깊어질수록 우리들 꿈처럼

화폭이 점점 더 붉어져요

＊ 붉은 방: 야수파 화가 앙리 마티스의 작품.

매미가 아니다

수많은 입이 떨어진다 조각난 젖이 물려 있다 입이 벤치 위에서 재잘거리면 날개는 춤을 춘다 땡볕이 몰려오는 천체, 비늘구름이 생겼다 사라진다

어머니, 울음소리에 피가 고여요 / 어차피 네가 아는 숲은 사라진 지 오래란다

바람에도 관절이 있어 삐걱삐걱, 폐가에서 포획한 눈동자, 우린 그걸 파먹는 데 익숙할 뿐이다 쉿, 고양이 울음소리는 얼른 씹어야 한다 이젠 새가 잡아먹을 차례, 물이 팔팔 끓는 장면을 떠올려본다 비등점에서 사라지는 나를, 나는 소리만 있고 부피가 없다 밤이 오면 묻어두었던 꿈을 꺼낸다 꿈속에서 보았던 별들의 파티, 그 빛나는 여울에 흐르던 목소리, 따뜻한 추상화가 나의 집이다 에스프레소 마키아토처럼 뿌연 안개 속에 재즈가 흐르면 텅 빈 숲으로 떠난다 나뭇가지 중첩되는 자리에 내 목소리는 커다란 잎사귀가 된다 잎사귀는 음악을 탄 채 구름에 무임승차하고 우리는 비로소 그림자여행을 떠난다 빈 의자에 머문 시간은 그저 공명일

뿐, 그림자가 만든, 투명무늬가 만든, 주인 없는 풍경이 만든, 거짓말이 만든

어머니, 발이 아파요 소염제를 발라주세요 / 발 없는 발이 더 멀리 가는 법이란다

흰 배꼽은 보여주지 않는다 염천 지나기 전에 국수 한 그릇을 떠올려본다 삐걱거리는 바람에 매달린 꿈이 삐걱삐걱,

아가야, 온몸을 사용하거라 소리와 소리가 만날 때 나무는 콜라주로 만든 음악이 된단다

계절 없는 계절이 오면 사라질 수 있을까? 벌레들 발자국을 새까만 심장에 가둘 수 있을까? 우레 소리가 점점 다가온다

나와 (나) 사이

눈이 내리면

내 오른쪽 하늘엔 숫자들이 마구 쏟아져요

숫자의 뼈는 견고하고 눈동자엔 눈이 박혀 있죠

오른손을 내밀어봅니다

피가 닿습니다

착한 수달의 피입니다

수달은 서쪽을 향해 물고기를 잡아먹습니다

물고기는 피를 흘리며 말하죠

숫자는 허상일 뿐입니다

맞습니다 달 그림자거나 바람이 만든 풍경입니다

숫자는 달이 이동하면 돌고

바람과 함께 분해됩니다

나와 (나) 사이

진실은 점점 멀어지고

수달은 달빛에 찔려 사라집니다

(나)의 왼손은 무사한가요?

창고 속 창고 속 창고 속 창고

창고에서 몇 달 전의 구름을 죽였어
내 손은 빛과 빛 사이에 떠도는 흰 손수건처럼
몸이 없었지
구름을 톱으로 자르고 망치로 두드려
작은 의자를 만들었는데
금세 흘러내렸지

난 그늘의 농도가 낮다고 판단했어 창고의 창문을 검은
마분지로 가리고 창고 속에 다시 창고를 만들었어 없는 팔
다리가 도와주었지 목은 없었지만 목이 늘어난 티셔츠에서
피 냄새가 났어 트램펄린 위에서 박쥐가 보였지 작은 창고
속은 더 어두웠어 물속에 두고 온 눈동자가 떠올랐지만 불
행한 탐구자가 되어야만 했지 남은 구름은 점점 사라지고
있었어

못 박는 소리가 한 차례 총성처럼
울려 퍼지고
아주 작은 의자가 만들어졌어

사라진 내 몸에서도 빛이 났지
울림 속 울림에서 이름들이 흩어졌어

잠시 뒤,
여분의 구름은 사라졌고 의자만 남았어
의자는 무중력자처럼 둥둥 떠다녔고 나를
살인자라고 놀렸지
작은 창고 속에 더 작은 창고가 필요했어
아주 작은 창고를 만들고 의자만 밀어넣었어
의자는 점점 직사각형으로 변해갔지

창고 속 창고 속 창고 속 창고처럼 말이야

* 조르주 바타유의 『불가능』 중에서.

역부조

벽에 다섯 개의 못이 박힌다
깨진 액자가 걸린다
유리 조각에 죽은 고양이 눈이
둥둥 떠다니고

벽과 수직인 벽에 두 개의 못이 박힌다
나무토막이 걸린다
매달려라 매달려라
머리가 둘인 내 그림자였다

다섯 개의 못과 두 개의 못 사이에 철사가 연결된다

하프 소리가 난다
죽은 고양이가 그림자에 웅크린 채 운다
나를 알고 있는 가족과
내가 아는 가족이
철사 위에서 서로 물어뜯는다

〉

노란 새가 날아든다

철사가 지나가는 공중에
창문이 생긴다
채광이 잘 드는 부분에
죽은 꽃 1, 죽은 꽃 2, 죽은 꽃 3, ······이 핀다

집 그림자는 벽면으로부터 움푹 패여 있다

나는 (나)를 향해
죽은 꽃들을 선물했다

슬리퍼가 사라진 욕실 속의 개와 물수건에서 생선 냄새가 뚝뚝 떨어지는 주방의 못다 한 이야기

오늘은 엄마 아빠의 이혼기념일, 딱 3주년이 되겠습니다 이혼 사유는 그 흔한 성격 차이였어요

변기통을 거꾸로 엎어놓고 〈샘〉이라 불렀으니 욕실은 욕이나 까발리는 곳은 아니죠 밤새 시달린 환영幻影을 세면대 거울로 엿보거나 이빨 사이 음식찌꺼기 이름 추적하면서도 온갖 사건, 신문, 옷, 비밀을 가져와 콜라주를 만들죠 욕실 아닌 욕실은 여전히 어색해요 왜냐하면 샘에서 오줌 싸거나 샘가에서의 샤워를 쉽게 수용할 수 없기 때문이에요 이제 더 이상 입에서 개나 그의 새끼를 꺼내는 것도 무리구요 나는 샘 위에서 연애라도 하고 싶지만 여자가 떠오르질 않아요 나무껍질 같은 만남과 산길 같은 계획이 정물로 놓이면 과연 세상은 바뀌어 보일까요? 마르셀 뒤샹은 정말 왜 그랬을까요? 욕실은 배설욕구나 받아주는 통로 다름 아닌데 말이에요

새엄마가 생기는 데 넉 달 남짓 걸렸어요 아빠는 모든 걸 그녀 의도에 맞추었죠

〉

　조르주 브라크가 〈과일 접시와 유리잔〉을 꺼내기 전까지 물수건에선 물만 뚝뚝 떨어졌어요 과일 접시는 반듯하고 유리잔은 투명해야 했죠 하지만 이제 주방에서 사물의 외형이 흘러내리거나 분해되어 둥둥 떠 있더라도 전혀 이상할 게 없어요 설사 유리잔을 나뭇잎이나 플라스틱이라 불러도 반대할 이유는 사라졌어요 물수건 대신 생선을 오려 붙일 테니까요 주변을 정직하게 말하지 마세요 포도는 천장에 붙어 있고 유리잔 손잡이를 가스레인지에, 유리는 주방용 세제에 겹쳐놓으면 또 어때요? 분해된 과일접시에 'BARE' 글씨가 흘러 다닌들 주방은 전혀 어색하지 않아요

　제 여자 친구는 벌써 임신 중, 누구 아이인지 본인조차 잘 모르죠 그림자를 버리기로 했어요

　거실에 르네 마그리트의 〈응고된 시간〉 펼쳐놓고 꿈을 떠올렸죠……

폐타이어 속 빨강파랑하양

1

빨강하양검정 타이어가 초록하양노랑 타이어를 향해 굴러가요 파랑하양주황 타이어가 끼어들자 초록파랑빨강 타이어가 태어나죠 우리는 더 이상 검은 새가 아니에요 노랑보라감청 타이어가 몸을 뒤집으며 말해요 색과 색 사이 경계에서 공간들이 떠올라요 후미진 길이, 비보호구역이 회색빛 휘파람 소리처럼

2

울려요 울려요 색은 거리와 거리가 쌓인 빛깔이니까요 운전대를 쥔 당신은 운전축이 지구의 중심이란 사실을 알기나 했을까요? 빨강검정고동하양 옷을 입었는지도 모르죠 가로수가 구르고 건물이 굴러가요 해 질 녘 들판의 울음과 파도 소리가 들려요 깜깜한 밤하늘이 말렸다 풀릴 땐 뻥 뚫린 가슴에서 소리가 나요 파랑초록검정 CD처럼, 노랑하양빨강노랑 새처럼

3

회색 숲에서 하양빨강 고리로 된 달을 보았어요 나무와
풀들은 점점 사라지고 바위와 숲의 뼈대만 남겨졌죠 달은
회전하며 길들을 풀어냈어요 길 위에서 피살된 채 쓰러진
한 남자도 보였어요 제각기 길을 벗어나고픈 이유가 있었겠
죠 나는 쏟아진 길에서 나와 어울리는 색들로 무늬를 만들
었고 꿈에서 춤을 추듯 색, 색, 새들은 날아다녔죠

4

눈동자가 탄환처럼 쏟아져요
죽은 고라니의 피가 흘러내려요
구름이 구름을, 눈물이 눈물을 섞어요
거짓말을 하듯
축제를 열듯

5

잃어버린 색을 떠올리면 여러 개의 눈을 가진 웅덩이에서
꽃이 피죠 꽃잎이 떨어질 때마다 눈동자가 하나씩 사라지고

구름이 만져져요 평생 동안의 눈물과 시간은 부패하지 않아
요 투명한 피를 흘리며 올빼미는 거리에서 다시 태어나고
다초점 렌즈처럼 나는 나를 들여다봐요 빨강 속에 노랑 속
에 초록 속을

마트료시카

꽃무늬원피스 입은 소녀가 꽃노래를 부른다 꽃노래에서 소녀 2가 태어나고 꽃무늬원피스는 점점 작아진다 꽃무늬원피스에서 파란 새가 날아들고 흰 눈이 내린다 눈, 물이 딱딱한 공장 기계에 닿으며 소녀 3이 태어난다 꽃무늬원피스는 꽃, 꽃, 꽃을 피우며 꽃보다 더 향기로워진다 꽃무늬원피스를 찢고 소녀 4가 걸어나온다 소녀 4는 이미 죽어 있다

죽은 눈동자에서 죽은 심장을 가진 순록이 태어난다 뿔이 없는, 발자국에서 무, 방, 향의 울음소리가 들리고 엄마 그림자만 눈, 속에 판화처럼 찍힌다 침엽수림 사이에서 순록은 찔리고 찔리고 찔리고…… 붉은 피를 쏟아낸다 차가운 공장 기계음 사이로 발굽이 달려간다 마른 풀을 찾아 킁킁거리는 그림자 뒤로 라프족의 눈초리가 등에 박힌다

단칸방에서 엄마 속의 엄마 속의 엄마가 웃으며 소녀들을 기다린다

투명물고기

　길이 변할 때마다 도화지는 불어나고 손목시계는 손목을
도려내요
　몸의 한 점 P로부터 발생하는 공간은 계산적이죠

　구름이 그랬고 흔들리는 그네가 그랬어요
　내가 누군가에 도달하는 방식 또한 점으로부터 상상의 제
곱근만큼 나아갔으므로 방향을 예측할 수 있어요

　(투렛 증후군 K씨가 한눈파는 사이 책에서 빠져나와 대
화 사이에 끼어든다)

　우산 모양 대화군요 우주새에게 피를 쪼아 먹히죠
　당신은 유령입니까? 샴쌍둥이 울음소리가 맨홀 뚜껑 두
드리고 아스팔트 위에선 고대이집트 유물 같은 형상들이 바
리케이드 치네요
　P가 팽창하는 어떤 날엔 활엽수의 잎들 사이 유영하는 판
타지, 그 투명한 무늬를 지켜보죠

〉

　종이비행기는 종이가 아니고 나무인형은 나무가 아니듯 우리는 의자 너머 의자 향해 벡터를 계산해요 말을 걸죠 비가 오는군요 대화 속 대화에게 전화해야겠네요 수인번호 328번, 당신의 손목시계를 얼른 푸세요 물고기는 항상 P로부터 빠져나와 하늘 향해 멀어질 테니까요

(혓바닥)

홍대 거리 전단지에서 P의 혓바닥을 본다 P는 과거에 죽었고 미용실, 지하철역, 편의점, 악기점, 사진관, ……이 지나간다 역류하는 공간들이 둥둥 떠다니면 파란 피가 고인다 파랗게 파랗게 하이힐 소리가 들릴 때 P가 지나가는 여자의 왼쪽 귀를 핥는다 여자의 오른쪽이 휘어졌다 펴진다 (찡그린 바비인형이 쭈그러진 넥타이를 줍는다) P는 튕겨진 채 또 다른 여자 코에 달라붙는다 코를 핥는다 코에서 왼쪽 귀에 맴돌던 낱말들이 쏟아진다 망고첼로300그램, 박제몽타주컵라면, 팬티악어사이다, 펌헤어베이스기타, 교통카드에 스컬레이터, …… 여자는 P를 구두로 짓밟는다 P는 구깃구깃해진 위조지폐처럼 구두코를 더듬거린다 왼쪽 귀와 코는 P에게 간결한 문장으로 기억된다 문장은 문장을 만나 문장이 되고 문장을 낳고 장문이 된다 코1, (귀1+코2), ((귀2+코3+귀3)), ……, 숨은 그림자, 죽은 친구 입속에서 맴돌던 욕설, 나와 (나)사이의 거리, …… 굶주린 개가 전단지를 갈기갈기 찢으며 간다

4부

세 개의 그림자와 느티나무, 그리고 셔터문의 이야기

새벽 3시는 중요하지 않아요 버스 지나간 흔적만 있으면
충분하죠
벤치면 어떻고 바닥이면 어때요 바람만 불면 되죠
직업도 나이도 취미도 모르면 어때요 숨소리만 있으면 되죠
어느새 셔터문에서 그림자극이 상영되죠

야구모자가 야구공 대신 돌을 던지자 **뿔테안경**이 먹는다
뿔테안경은 뿔이 없다 뿔이 없는 대신 그림이 있다 렌즈에서
그림이 걸어 나온다 그림의 하얀 이빨이 웃는다

서로 찌르거나 공격할 수 없지만
뿔테안경에서 달빛 머금은 눈동자가 점점 불어나고
야구모자는 호주머니에서 야구공만 만지작거리죠
느티나무는 배설 중이에요

잎사귀가 떨어지자 **그림자 없는 그림자**가 걸어다닌다 그
림자극의 비상구를 찾는다 야구모자와 **뿔테안경**은 여전히
어긋난 행동 뿐, (우아한 시체를 본 적 있는지?) 눈동자는

공중에서 예쁜 소리만 먹는다

야구모자가 야구와 모자로 분리될 생각은 없어요
플라나리아가 아닌 걸요
대신 모자나 안경을 바꿔보는 건 어떨까요?

그림자 없는 그림자가 느티나무 둥치의 지퍼를 연다 열쇠를 꺼낸다

방문이 열린다 시체를 빤다 창밖엔 비가 오고 개 짖는 소리를 렌즈에 담는다 바람의 무늬를 코팅한다

불어난 눈동자를 주워 담는 야구모자, 둥글고 말랑말랑한 달빛이 야구모자에 가득하다 뿔테안경과 그림자 없는 그림자가 그림자극을 둥둥 떠다닌다

검푸른 강물에 흘러가는 빛부스러기를 기억할게요
당신의 허벅지는 빛나고

우리는 머그잔처럼 입술과 입술을 담아둘 테니까요

숨은 그림자 찾기

 # 난이도 -1. 주방 편

숟가락에서 종소리 찾기

접시에서 흰 생쥐 찾기

식탁에서 숫자들이 없는 시계 찾기

프라이팬에서 초식동물 찾기

젓가락에서 뿔 찾기

유리컵에서 금붕어 찾기

냄비에서 애드벌룬 찾기

냄비 뚜껑에서 죽은 고양이 찾기

주전자에서 롤러블레이드 찾기

싱크대에서 베이스기타 찾기

의자에서 등이 휜 염소 찾기

국자에서 다알리아 찾기

식기에서 말발굽 찾기

칼에서 피라냐 이빨 찾기

도마에서 도마뱀 찾기

키친타올에서 둘둘 말린 구름 찾기

주방세제에서 앵무조개 찾기

수세미에서 불가사리 찾기

물병에서 물소 어금니 찾기

물수건에서 고드름 찾기

가스레인지에서 원숭이 엉덩이 찾기

요리가 시작되고

다시

숨은 그림자에서 그림자 찾기

난이도 -2. 교실 편

칠판에서 호랑나비 찾기

분필에서 상형문자 찾기

분필지우개에서 골목 찾기

교탁에서 페인트통 찾기

실물화상기에서 잠자리겹눈 찾기

교과서에서 편의점 찾기

학생 책상에서 박제된 사슴 찾기

노트에서 앵무새 새장 찾기

의자에서 하이힐 찾기

사물함에서 악어이빨 찾기

책꽂이에서 개미동굴 찾기

줄단풍 화분에서 파이프 찾기

환경판1에서 목각인형 찾기

환경판2에서 곰팡이 찾기

환경판3에서 자귀나무 찾기

환경판4에서 쇠가마우지떼 찾기

창문1에서 물고기 지느러미 찾기

창문2에서 가장 낮은 뿌리에서 흐르는

물소리 찾기

창문3에서 마법사의 모자 찾기

수납장에서 유리 어항 찾기

거울에서 거울 찾기

선풍기에서 벚꽃 옆의 직박구리 찾기

아이들 발표 소리에서 운동화 찾기

아이들 노랫소리에서 굴절된 물빛 아래

조약돌 찾기

수업이 다시 시작되고

숨은 그림자에서 그림자 찾기

우아한 시체

영안실, 죽은 친구 몸에서 서

랍이 열린다 부리 없는 새가

날아오른다 공중에 둥둥 뜬

채 얼굴을 찾는 1, ②, (육), ⑤,

4, **니은**, ㄹ, … 썩은 이빨처

럼 굴러떨어진다 사라진 것은

사라지지 않는다 첫사랑처럼

서랍에서 1은 마음대로 휘어진

다 ②는 그림자 두 개가 충돌

하는 소리, 캠프워커 담벼락 철

조망이 기다린 듯 (육)을 낚아

챈다 나는 녹음기와 소주병을

오려서 ⑤에 붙여본다 걸어도

끝나지 않을 것 같던 4거리, 팔

하나가 떨어졌고 **니은**의 구멍

에 구멍이 뚫렸다 세 달밖에 젖

을 먹지 못한 아기가 ㄹ 속으
로 멀어진다 다리가 ∞ 달린 나

무를 그의 몸에서 받아낸다 상
징은 비극의 순간에 찾아왔다

추상적인 식탁

수프에 마늘빵을 적시며 호숫가의 새 한 마리를 떠올린다

새 한 마리만 남고
수프와 마늘빵은 연노랑 빛으로 채워진다
새는 식탁에서 둥지를 튼다
둥지에서 동그라미가 자란 뒤
둥지는 다시 지워진다

동그라미는 동그라미를 떠올린다

당신과 나 사이
점점 커지는 늪
깃털은 여백에 사선으로 처리된다
대화가 오가는 사이
(빨간 노랑 파랑 초록은 지긋지긋해!)

식탁의 감정은 마블링
식탁은 점점 사라지고

당신 입속에 자라는 색깔은
죽은 새 1, 죽은 새 2, 죽은 새 3, ……

동그라미는 아득한 꿈속
환각 숲이 흘러나온다

æ

1

뒤에 있는 a는 언제나 피 냄새가 나요 이것은 성향이 아니라 식별의 문제죠 뒤의 뒤에 있는 a 또한 예외가 아니에요 a는 뒷모습이 없는 대신 동시다발적인 직선이죠 특히 a의 배경에 따라 엄청난 가속도가 붙는, 고양이가 고양이를 죽이고 세 개의 그림자가 되는, 과거와 현재가 엉키는, 검은 골목길, 설령 귀뚜라미 울음소리일지라도 방어자세 갖추는 게 쉽지 않죠 뒤는 뒤가 없어요 뒤는 붉은 이빨 숨기며 동그랗게 입 벌리죠 "절규"라고 들은 뒤 (a)로 이동하면 뒤는 더욱 대담해져요 소리와 소리 사이 정치적 음모가 아닐까요? "새부터 키우시죠. 물론 대부분 한쪽 날개는 없을 겁니다." 뒤의 본능에 대비하기 위해선 앞의 뒷모습 중 소리의 여백 같은 게 어떨까요?

2

뒷모습만 있는 앞도 있어요 뒷모습에 비친 뒤에 있는 a 또한 피 냄새가 나죠 이것 또한 식별의 문제예요 뒷모습은 a를 반사하고 a는 뒷모습을 향해 달리고 뒷모습은 (a)에게, (a)

는 다시 뒷모습 향해, 뒷모습은 또다시 ((a)), (((a))), ……
그리고 반복되는 살인들, 당신은 왜 수시로 당신의 모습을
바꾸는 걸까요? 오른손이 잘린 채 왼손에서 감자 싹이 자라
나는 거울, 나 아닌 내가 뒷모습에 비칠 땐 누구나 공격적이
되죠 난 어차피 당신이 될 수 없는걸요 가끔 뒷모습의 깨진
울음소리가 (…((a))…)에서 날개를 키우기도 하는데 대부
분 깃털이 없어요 뒤의 본능에 대비하기 위해선 앞의 앞모
습 중 소리의 공백 같은 게 어떨까요?

탁자에서

빈 의자 1, 사라진 A를 누인 채 말을 한다

빈 의자 2, 죽은 B를 껴안은 채 말을 한다

빈 의자 3, 실연당한 C의 목을 조으며 말을 한다

빈 의자 4, 환자 D의 엉덩이를 만지며 말을 한다

빈 의자 5, 겨땀으로 젖은 E의 겨드랑이를 간지럽히며 말을 한다

빈 의자 6, 학원강사 F의 입을 막으며 말을 한다

빈 의자 7, 눈이 없는 G의 눈을 가리며 말을 한다

빈 의자 8, 미용사 H의 머리를 쥐어뜯으며 말을 한다

빈 의자 9, 팔 없는 I의 팔을 꽁꽁 묶으며 말을 한다

빈 의자 10, J의 그림자를 물어뜯으며 말을 한다

빈 의자 11, 마주 앉은 J에게 거울을 던진다

빈 의자 12, I에게 자갈을 던진다

빈 의자 13, H에게 가위를 던진다

빈 의자 14, G에게 카메라를 던진다

빈 의자 15, F에게 마스크를 던진다

빈 의자 16, E에게 주방세제를 던진다

빈 의자 17, D에게 브래지어를 던진다

빈 의자 18, C에게 밧줄을 던진다

빈 의자 19, B에게 죽은 새 한 마리를 던진다

빈 의자 20, A에게 (A)를 던진다

바닥이 없다

아상블라주를 위하여

압정을 몰래 밟습니다
책상 곳곳에서 포스트잇이 날갯짓을 하고
거울이 하나둘 생겨납니다
거울 안의 거울에서 찢어진 꽃잎이 찾아옵니다

칸막이 너머로 페트병 같은 놈, 서류철 같은 놈이 보인다 공중
에 물방울 스티커를 붙여본다 나는 존재하지만 없다

오래된 간판이나 유리문, 반짝이는 글씨들이 달라붙습니다
나는 내가 아니라
상품의, 소리의, 시간과 시간 사이의 공유물
삐걱대는 뼈를 눈물이 마르지 않는
나무의 그림자라 불러봅니다
하이브리드 자동차가 달려옵니다

CCTV를 피해 어젯밤 꿈속을 떠올린다 자책감이 메아리친다
자석처럼 귀찮은 놈, 찢어진 청바지보다 찢어진 놈, 볼펜처럼 흔
한 놈, 놈, 놈……

무릎에서 철사 소리가 들립니다
걸음 속의 그림자 속의 검은 그림자 위에 내려앉습니다
니퍼를 든 채 나는 잘라지고 또 잘라집니다

A4로 가득한 수납장에서 오래된 라디오 소리가 흘러나온다
귀에서 검은 조화造花가 쏟아지고 티슈처럼 버려진다 나는 커다
란 넥타이 뒤에 숨는다

오늘은 모래 위에 얼굴을 씻기로 합니다
혀들이 날름거리고
몸 밖의 몸은 사라진 얼굴을 찾습니다
모래 위에서 얼굴은 다시 사라지고
얼굴과 얼굴로 둘러싸인
흑백사진 속, 바람을 기다립니다
목 없는 인형이 지나갑니다

건물 밖으로 수없이 많은 내가 빠져나간다

그 창문 속 새장

깨진 창문에서 새소리가 흘러나왔다
날 선 유리 구멍에서 풍경이 비명을 질렀다
새를 잡기 위해 손을 창문 속으로 집어넣었다
단단한 뼈 같은 게 만져졌다
그

창문 속 새장

그림자, 시계, 구름이 흘러내린다
낯선 내가 서 있고
나는 창문 속 새장에 갇힌다
새장에 눈이 내린다
그

창문 속 새장

몸에서 겹소리가 났어요
형광 불빛과 종소리가 만나 나무가 된 것

실내 장식과 낙화로 빚은 토르소

여러 개의 눈과 다중 목소리

켜켜이 쌓인 햇살이

무뇌아처럼 웃을 때

그

창문 속 새장

나는 처음부터 몇 마리의 새였는지 몰라요

유리 구멍에서 피가 흘러내려요

내 눈물은 나무들 울음소리로 가득해요

잉크처럼 번져나가는

눈들

그

창문 속 새장

별빛이 깃털에서 알을 낳아요

날지 못하는 나는

무덤이 되기로 해요

내가 나를 죽이고

또 다른 창문에 둥지를 틀 때

그

창문 속 새장

창문 속 새장

창문 속 새장

그리고

새장 속 창문

검은 새가 날갯짓을 한다

여러 명의 내가

창문들 사이에서

찢어진다

사라진다

Mirror Man

몸에는 물방울만 한 거울들이 있다
거울에서 누군가 누군가 거울에서
죽은 새를 그려넣고 그려넣고 죽은 새를
보낸다 보낸다
벌레만 한 눈물 눈물만 한 벌레
아래로 아래로
그늘에 말린 말린 그늘에
울음 소리 소리 울음

나는 나를 잃어버린다
불어나는 물방울처럼 물방울처럼 불어나는
타인의 귀가 나를 나를 타인의 귀가
틀어막고 틀어막고
여러 명의 나로 나뉠 때 나뉠 때 여러 명의 나로
깊어지는 어둠이 어둠이 깊어지는
날 날

거울은 거울로 가득하다

무늬는 나의 퍼즐 나의 퍼즐 무늬는

점점 반복된다 반복된다 점점

테셀레이션 속 속 테셀레이션

오른쪽으로 왼쪽이 왼쪽이 오른쪽으로

공회전 공회전

몸에는 몸에는

눈 없는 쥐들로 넘치고 넘치고 눈 없는 쥐들로

거울에서 나는 사라진다

썩은 레몬 냄새가 거울마다 거울마다 썩은 레몬 냄새가

흐른다 흐른다 흐른다 흐른다

쥐 아래 부러진 의자 부러진 의자 아래 쥐

거울 속에 파묻힌다 파묻힌다 거울 속에

점점 나를 잊어갈 때 잊어갈 때 나를 점점

무늬들은 온몸을 가둔다

식탁을 위한 블랙코미디

아빠가 식탁에 나체로 드러눕는다
엄마는 된장찌개를 배꼽 위에 올려놓고
나는 휴대폰을 아빠 입에 물린다
동생은 나이프와 포크로 장난을 친다
식탁은 다리가 하나 없다
식탁은 거울로 되어 있고
식탁 위에는 올가미가 늘어뜨려져 있다
엄마는 밥 대신 샌드위치를 먹는다
"샌드위치에 쨈이 없네."라고 했더니
두 팔을 흔들며 공중을 마구 찢는다
화장품들이 우르르 쏟아진다
화장품을 발라 먹는다
휴대폰 벨이 울린다
벨에서 전갈 목소리가 흘러나온다
전갈이 아빠 얼굴을 기어 다닌다
전갈은 한쪽 눈이 없다
아빠 몸에서 떨림이 전해질 때마다
우리는 큰 소리로 웃는다

비밀이 불어난다

우리의 단란한 식사가 끝날 때까지

아빠는 뒤척이지 못한다

아빠 성기 부근에 엄마는

눈알이 예쁜 고등어 접시를 올려놓았고

우리는 뼈까지 씹어 먹는다

뼈까지 토해낸다

된장찌개와 반찬들은 살 위에서 줄어들지 않았다

눈동자에 박힌 새

멂과 가까움에 소리가 병존하고 있다 의식의 계통수를 새가 쪼고 있다 기후가 바뀌고 사막여우 울부짖음이 G코드를 물어뜯었다 멀리서도 빗방울이 찾아왔다

너는 바람일 수도 나무일 수도 있다 절벽일 수도 있다 인디언 무덤에서 별빛과 흘레붙는 라벤더, 없지만 있는, 있지만 없는 배경

공간을 길들이는 건 없는 말소리, 새는 말이 되고 말에 올라탄 새는 수많은 눈동자 향해 날아간다

파열된 음에는 깃털이 묻어 있고 야누스는 침묵에서 잉태된다 눈감지 않은 사자死者를 '악의를 잃어버린 새의 슬픔'이라 부른다

배색, 고양이가 할퀴고 간 자리

그림자를 할퀴네 물어뜯네 자신인지, 타인인지,

밤에는 그림자가 스스로 춤을 추네 벽에서

목탄풍의 썩은 생선을 베어 먹었

골목에서 고양이가 나에

고양이가 쏘시
고양이 입
에서 연한
회색물이
빠
져
고양이
털은흰
색이었
네
자들의 속
삭임 같은
것이었네

린 날씨로 변해가네

었네 모두 검은 빛이었네

양 바닥에서 노래하네 유행가처럼

고양이 그림자가 뛰어 다녔네 죽은 채로,

머릿 지 구 차 어 온통 어둠 죽은 기타 울려 자신 루엣 라 몇

그림 피를 고 점 검검 토 속 은 눈 더 잔 지네 이 사라 사라

네 자 오랜 가 떠 네 없 양 몇 찾 창 포 목 고 퍼 럼 바 흩어

신의 상처 올랐 는 고 마리 문에 없는 즐처 닥에 져 있

자는 토하 점 더 은 망 에 검 동자 인해 고양 점점 지네 진 고

분조 렵네 캄캄 뿐이 악사 선율 퍼졌 의 실 을 따 개의

145

고양이털은 흰색이었네

고양이 입에서 연한 회색물이 흘러내렸네

고양이가 쏘시지로 된 터널을 지

골목에서 고양이가 나에

목탄풍의 썩은

밤에는 그
림자가 스
스로 춤을

그림자
를 핥퀴
네 물
어 뜯

사라진 고
양이들이
바닥에서…

146

어느 하이픈 소년의 눈동자 찾기

— 만촌 네거리에서

-, (-), ^-^, !-@, $-& 가 지나간다 서로가 서로를 끌어당긴다

#0. 가로수 – 시집

가로수와 시집 사이 바람이 분다 뿌리가 시집 곳곳에서 발견된다 뿌리는 뿌리답게, 뿌리를 뿌리는 일도 있지만 뿌리 자체가 시가 되기도 한다 *(꼬부랑 뿌리가 꼬부랑 글자 사이를 꼬부랑꼬부랑 뻗어가다가 꼬부랑 바람에 걸려 꼬부랑꼬부랑)* 나무가 먼저인지 시집이 먼저인지, 나무를 닮은 사람, 나무가 손을 준 사람, 나무는 사람이 아닌 사람, 나무의 나무가 된 사람, 나무와 시집 사이 바람이 분다 죽은 새가 날아든다 울음소리가 난다 울음소리는 (울음소리)가 된다 뿌리 있던 자리에 눈동자가 하나, 둘 생겨난다 꼬부랑꼬부랑 초점이 휘어진 채 시인을 찾고 있다

#1. 할매돼지국밥 – 네박자 노래방

국밥그릇이 돼지 기다린다 할매가 돼지를 썰어 국물에 얹

는다 노랫소리 들린다 할매 앞치마는 돼지국밥 앞에서 연분
홍꽃물이 든다 (돼지)가 몸짓 풀어 꺼억, 꺽 소리 내고 위층
노래방에서 송대관의 〈네박자〉 노래가 흘러나온다 (돼지)
가 노래를 따라 부른다 노래방에서 (돼지)가 돼지에게, 돼지
국밥집에서 할매가 (할매)에게 쿵짝쿵짝 마이크를 건넨다

#2. 신세계 탁구교실 – 동아 논술/웅변/경필 – 맞춤전문 니트

개인레슨 받으러 간다 탁구공은 수화지금목토천해를 외
치며 멀어진다 탁구공은 탁구공이 아니다 탁구공은 탁구공
을 부르며 다시 모인다 탁구공이다 스매싱 휘두를 때마다
코치의 웅변 실력이 향상된다 당신에게 맞춤형 유니폼을 재
단해줄게요 당신의 스핀은 논술엔 잘 어울리지 않군요 하지
만 자신이 시킨 대로 몸 맡겨봐요 30년 전 내가 그랬고 나보
다 나를 미워하던 아버지가 나를 위해 '똑같이 따라 쓰기'를
가르쳐주셨죠

#3. 인쇄공장(코리아애드컴) – TOP MOUNTAIN 주차장

리플릿에는 분명 내 병명病名이 소개되지 않았네요 명함도 없구요 하지만 메킨토시 편집으로 나는 점점 진화하는 중이죠 거리에 산은 없지만 어릴 적부터 산을 보며 자랐어요 인쇄란 별에서 떨어진 울음 주워 시차 계산하는 것, 아버지 퇴임식 가족감사패에도 우리는 별이 빛나는 산과 나무, 새의 관계에 대해 서술했죠 가끔 산이 주차장일 수도 있다는 생각을 했어요 주차장에서 별자리와 산에 관한 카탈로그를 넘겨보곤 했으니까요

#4. 장난감 할인마트 – 중앙SKY학원 – 강산당구장

조립형 장난감을 사고 싶어요 초합금 로봇장난감 마징가Z 말고 플라스틱 재질의 기동전사 건담이 좋아요 무쇠팔에서 무쇠주먹이 발사되어 무식이 펑! 들통 난 적 있거든요 건담이 하늘 날아다닌다면 학원이라도 다녀야죠 중앙SKY에서 구름책상이 지나가요 비행 요령을 가르쳐주세요 학습은

원리가 중요하거든요 (나는 야간자율학습시간에 강산당구장에서 몰래 담배를 피우던 고등학생이었습니다)

#5. 신토불이장터 - 신앙촌상회

– 떨어진다, – 왼쪽이 기울어진다, –이 회전한다, –––––, –이 –을 –에게 ^-^, –이 – 속으로 들어가자 (–––––), –과 – 사이 공란

해설

붉은 방에 초대된 시인의 구술지도법

이재훈 / 시인

보르헤스의 '바벨의 도서관'은 하나의 세계를 의미한다. 그렇기에 도서관은 영원으로부터 존재하며 이 세계의 진실을 기록한 유일무이한 공간이다. 알려져 있듯 바벨은 혼돈과 죄의 상징이다. 혼돈의 세계를 기록한 책이 도서관에 장서될 수 있을까. 만약 그 책이 시집이라면 가능하다. 사람들은 도서관을 통해 "그 어떤 개인적 문제나 세계 보편적 문제에 대한 명쾌한 해답을 찾을 수가 있었다."고 말한다. 또한 "우주는 순식간에 무궁무진한 희망의 차원을 획득하게 되었다."(「바벨의 도서관」)고 전한다. 가능한 일일까. 책이라고 하는 관념의 집적물이 현실 세계를 모두 해결할 만한 도

구로 가능할까. 만약 도서관이 하나의 세계이며 우주라면, 시집 또한 하나의 세계이며 우주라 말할 수 있다. 언어의 힘으로 현실의 모든 시간(과거로부터 현재와 미래에 이르기까지)을 통어統御하려는 불가능한 꿈을 시인은 꿈꾼다. 가령 권기덕이 언어가 가진 여러 쓰임새를 여러 가지 스펙트럼으로 실험해보려는 몸짓은 이러한 불가능한 꿈을 꾸기 때문에 가능하다. 시의 언어를 통해 현실을 재현하고 회고하려는 것이 아니라, 이 현실을 자신이 가진 언어의 힘으로 재해석하고 싶은 것이다. 그런 의미에서 권기덕의 첫 시집에서 자칫 무모하리만큼 감행하는 언어의 다양한 사용법은 박수를 칠 만하다. 시인은 늘 불가능한 꿈을 꾸며 사는 존재이니까.

보르헤스가 제시한 두 번째 공리는 "알파벳 철자의 수는 스물다섯 개"라는 것이다. 태곳적의 언어와 지금의 언어가 다르겠지만, 알 수 없는 방언과 기호의 조합을 해석해내는 것이 이 세계의 진리를 발견해내는 하나의 방법일 수도 있다. 진리를 모두 포괄하는 세계는 인간을 넘어선 신성의 세계이다. 신성의 세계를 재해석하기 위해 우리 인간이 가진 언어는 얼마나 짧은 것인가. 그럼에도 불구하고 권기덕의 시는 수십 개의 기호로 이루어진 언어를 다양한 범주에 방목하여 말들의 잔치를 벌이고 있다. 그의 시는 집요한 탐구의 방법론으로 가득 차 있다. 지적 자의식이 충만한 자아가 새로운 세계를 구축하려는 의지로 가득하다. 그 토대 위에서 벌이는 언어유희, 기표들끼리의 술래잡기, 몽타주 기법, 반복된 수사를 통한 분열의 드러냄, 다양한 출처에서의 인유, 기호의 변형을 통한 다다이즘, 병렬 이미지나 단어의 병치를 통한 환유 등등이 여기저기서 출몰한다.

"마티스의 붉은 방에 초대된" 시인은 한 권의 시집을 통해 인식의 지도를 만들려는 강한 의지를 보여주고 있다. 그가 재해석하여 마련하고픈 세계는 "당신에게 내가 흡입되는 상상력의 *끄트머리*/숨소리 깊어질수록 우리들 꿈처럼/화폭이 점점 저 붉어"(「숯, 마티스의 붉은 방에 가다」)지는 세계이다.

미시시피강을 따라 동쪽으로 4킬로미터쯤 멤피스신전이 보이고 그 언덕에서 바람을 타고 벼랑 끝으로 가면 지도에 없는 길이 있다 북미 인디언에 의하면 그 길은 말하는 대로 길이 되는데 되돌아올 수 있는 방법은 오직 죽음뿐이라고 한다 말할 때마다 피는 꽃과 나무는 밴쿠버를 지나 알래스카까지 변화무쌍하게 변형된다 갈색펠리컨이 말했다 소리에 축척이 정해지면 풍문이 생긴다고 풍문의 높낮이는 산지와 평야를 만들고 때론 해안선을 달리며 국경 부근에선 적막한 총소리마저 들린다 말에 뼈가 있는 것, 수런대는 말은 지형의 한 형태이다 낭가파르바트의 눈 속에 박힌 새가 말의 시체라는 설은 유효하다 하지만, 완성된 독도법이 알려진 바는 없다 단지 찢어진 북소리 같은, 언술 너머 죽은 바람을 꽃으로 데려다줄, 음운이 춤을 춘다 죽은 자들이 남긴 것은 결국 어떤 지도에 관한 연대기일 것이다

—「구술지도」 전문

"지도에 없는 길"을 가려는 시인의 의지는 첫 시에서부터 드러난다. 미국의 중심부를 흐르는 미시시피강에서 고대 왕국의 멤피스신전으로 이동하다 되돌아올 수 없는 길로 들어선다. 되돌아오는 유일한 방법이 오직 죽음이라는 전언은 시의 운명, 혹은 시인의 운명을 상징적으로 보여준다. 되돌아올 수 있는 방법이 죽음뿐인 길은 일상의 길이 아니라 새로운 세계를 만들어나갈 수 있는 길이다. 이때부터 시인은 창조자가 된다. "말할 때마다 피는 꽃과 나무"를 경험하고, "소리에 축척이 정해지면 풍문이 생긴다"는 말에 의해 "산지와 평야"가 만들어지는 신기한 경험을 한다. 이

러한 경험은 단지 환영이지만, 저 길 속에서는 환영이 아니라 시인이 절실하게 구축한 세계이다. 히말라야 산맥 끝에 존재하는 악마의 산 낭가파르바트도 말의 시체를 떠안고 산다. 즉 시인이 안내한 벼랑 끝에서부터 시작하는 길은 공간과 시간을 넘나들며 새로운 세계를 만들 수 있는 무한한 창조의 세계이다. 그 창조의 세계는 "언술 너머 죽은 바람을 꽃으로 데려다 줄, 음운이 춤을" 추는 곳이다. 그곳을 빠져나와 죽음을 택한 자들은 그 길에 있었던 말의 지도를 들고 나왔을지 모른다.

까마귀로 뒤덮인 하늘을 쳐다본다
공중에서 기어 나오는 벌레들
손목시계는 지상의 죽음을 계산하고
발 없는 하반신이 둥둥 떠다닌다

벌레가 닿는 족족 사물은 휘어진다
그림자는 선홍빛 거짓말을 한 뒤
콘크리트 바닥에 스며든다
외눈박이 늑대가 골목을 휘젓는다
툰드라가 땅속으로 사라진 건 우산이 없었기 때문이다

다리 하나가 없는 나는 맨홀에 숨어

우주의 부러진 빛 단면을 떠올린다

켈트족은 도로 위에서 사냥을 했고
가끔씩 북극여우가 신호등 근처에서 출몰했다
까마귀는 벌레 쪼려다 피를 흘렸고
밤이 되자 모든 형체는 흘러내렸다
빨간 운동화를 신고 토끼는 곧 태어날 것이다
사마귀가 로드킬된 짐승의 뼈 핥고
환생을 꿈꾸는 밤,
얼음을 주세요
크레바스를 주세요
변형된 사물 안고 벌레가 기어간다

차라리 추운 여름이었다

—「간빙기 보고서」 전문

권기덕이 구축한 세계에서는 자주 묵시론적 환영을 드러내는 이미지가 출몰한다. 하늘은 까마귀로 뒤덮여 있고 그곳에서 벌레들이 기어 나온다. 인간이 알 수 없는 죽음의 시간을 계산하는 시계가 등장하며 시간과 공간과 사물은 비정상적으로 작동한다. "손목시계는 지상의 죽음을 계산하고/발 없는 하반신이 둥둥" 떠다니며 "벌레가 닿

는 족족 사물은 휘어진다". 시의 화자는 다리 하나
가 없으며 맨홀에 숨어 산다. 우주의 부러진 빛 단
면을 떠올리기 위해서이다.

간빙기는 따뜻한 시기이다. 그렇기에 "얼음을
주세요/크레바스를 주세요"라고 외치며 "변형된
사물 안고 벌레가" 기어가는 시기이다. 빙하기를
겪고 새로운 빙하를 맞이하기 위해 준비하는 시
간이다. 이 시간을 견디는 시인은 "환생을 꿈꾸는
밤" 속에 존재해 있다.

공중에서 색종이가 뚝뚝 떨어졌다
낙엽이었다 아니,
사람들이 버리고 간 눈동자였다
색종이는 양면에 보색을 띤 채
거짓말을 연발했다
사내는 색종이를 덕지덕지 붙이고
몸을 공회전했다
도시는 빙하기였으므로 비는 내리지 않았다
발 없는 그는 색종이를 온몸으로 오렸다
펭귄들은 물고기 한 마리씩 입에 물고
아이쇼핑 중이었고
나는 이글루에 숨어 모닥불을 피웠다
색종이는 사내의 몸에서

마블링처럼 흘러내렸고 그럴 때마다
동전 소리가 귀를 찢었다
가끔씩 알바트로스가 색종이를 쪼기 위해
빙산에서 날아올랐다
색종이는 누드 인형처럼 웃거나 울었다
사내의 입가엔 오로라 현상이 일어났고
색종이가 새를 잡아먹을 거라곤
아무도 예상하지 못했다

―「아이스맨」 전문

「아이스맨」 또한 묵시록적 이미지들이 가득 펼쳐진 시이다. 공중에서 떨어지는 게 색종이도 낙엽도 아니라 "사람들이 버리고 간 눈동자"라는 점은 그로테스크하다. 이러한 이미지를 바탕으로 이 세계의 타락성을 보여주고 있다. 이미 시인은 "도시는 빙하기였으므로 비는 내리지 않았다"라고 공표하고 있다. 간빙기에서 빙하기로 이동한 세계는 현실이거나 혹은 현실 너머의 환각적 세계이다. 시의 처음과 끝을 지탱해나가는 '색종이'는 시의 배경이 되기도 하고, 주인공이 되기도 하며, 화자와 불가분의 관계를 맺기도 한다. 그가 선택하는 사물은 모두 시인의 몸을 투사한 행동가로서 역할을 한다. 색종이는 웃거나 우는 존재가 되다가 결국 새를 잡아먹는 존재로까지 나아간다. 얇고 가는 사물인 색종이를 다양하게 변신시킴으로서 고백의 힘을 가진 아이스맨을 더욱 풍부하게 읽을 수 있는 단초를 만들고 있다.

차가운 공간을 상정한 시인의 인식은 "우리는 항상 차가운 생각만 해야 하거든 빌딩도 자동차도 버스정류장도 모두 얼음으로 덮여 있단다"처럼 드러나기도 한다. "얼음에 갇히면 세상은 온통 간결하게"(「아이싱」) 보인다는 말은 시인이 필터링한 눈으로 이 세계를 새롭게 보고 싶다는 말이다.

쇼핑카트에 죽은 딸아이 그림자를 싣고 쇼핑을 했다 검정색 분유는 줄줄 흘러내렸고 바비인형은 목이 떨어진 채 매장을 따라다녔다 점원이 바코드기로 물건을 찍자 비명 소리가 들렸다 상품명을 읽을 때마다 무릎에선 귀가 마구 쏟아졌다 귀는 검은 천막 속 고양이 소리에 심취되었고 구슬을 문지르던 심령술사의 두 눈엔 핏방울이 뚝뚝 떨어졌다 놀란 아이가 식용유를 붓자 천막은 무겁게 침묵했고 대형마트에선 무빙워크가 일시적으로 중단되었다 떨어진 귀는 구겨진 낙엽마냥 흡착된 소리를 분출했다 소리는 냉정했고 소리는 무늬가 없었고 소리는 말보다 먼저 행동했다 소리는 휘청거렸고 귀는 한번씩 이명耳鳴을 앓는 듯 바닥에서 몸부림쳤다 심령술사의 주문이 격해질수록 무릎은 점점 사라지고 귀들은 방향감을 상실했다 딸아이가 내 이름을 부르며 울부짖었지만 들을 수 없었다 사라진 것들은 발이 없었다 상품명은 은유였고 나는 얼른 은유들을 박스에 구겨 넣은 뒤 넓적한 투명테이프로 봉인했다 무릎이 없는 무릎이 고장 난 무빙워크를 올라갔다

— 「무릎이 사라진 어느 무릎의 몽환」 전문

위의 시에서는 모든 사건이 정지되거나 비정상이 되는 정황을 보여준다. 죽은 딸아이의 혼령을 현실에 재현하고 있는데 그 현실은 이미 모든 관계가 박탈된 현실이다. 모든 정황은 '사라진 것'들로부터 시작한다. "죽은 딸아이"는 그림자만 남아 있고 "바비인형"은 목이 떨어져 있다. 물건들은 모두 비명을 지르며 "무릎에선 귀가 마구 쏟아졌다". 귀는 소리를 듣는 신체기관인데, 이 귀는 "떨어진 귀"로 기능한다. 즉 귀가 들려준 "소리는 냉정했고 소리는 무늬가 없었고 소리는 말보다 먼저 행동했다 소리는 휘청거렸고 귀는 한번씩 이명耳鳴을 앓는 듯 바닥에서 몸부림" 친다. 무릎이 없거나 사라진다는 불구의 신체는 이성의 불편함을 대신 증언한다. 시인은 이 꿈 같은 이야기를 '몽환'이라고 지칭하지만, "무릎이 사라진 어느 무릎"은 불편한 이성의 이미지를 보여준다.

아버지는 팥을 씹다가 러시아 하늘로 떠났다 모스크바 광장을 꼭 보고 싶다고 말했다 무더위는 죽음에 관대했고 동네 슈퍼에선 빙과류가 쉴 새 없이 팔려나갔다

고양이 목을 물던 개가 죽자 아이들은 골목에 몰려나왔다 서열을 정한 건 멍의 크기였다 이웃집 아주머니는 멍든 다리가 참 예뻤다 땡볕이 줄줄 흘러내렸다

갈증을 참지 못해 북극여우는 북극을 탈출했다 뼈를 발견하고도 지나쳤다 빗방울에 적응하기 위해 혓바닥을 늘였다 얼음이 먹고 싶었지만 살인을 할 순 없었다

옥상에 널어놓은 빨래는 종종 사라졌다 북극여우를 본 아이들은 담벼락 사이에서 발견되었다 빙과류 막대기가 즐비했다 철거 중인 건물에서도 팥 냄새가 났다

집집마다 아이들은 아버지에게 마구 욕을 해댔고 빙과류에선 거짓말 냄새가 진동했다 그해 여름, 누나는 이웃집 토끼와 도주했다

아이들의 혓바닥은 점점 길어졌다

—「아맛나」전문

시는 때로 묵시록적 세계에서 새로운 현실로 이동한다. 그곳은 예전의 기억이 자리하는 곳이다.

이웃 공동체가 아직 살아 있는 과거의 현실은 행복하거나 따뜻하지 않다. 아버지나 개와 북극여우와 누나는 모두 떠났거나 탈출했거나 도주한 존재들이다. 그곳에서 아이들은 아맛나의 기억으로 살아간다. 팥이 들어가 있는 빙과 아맛나의 맛은 과거의 기억을 선명하게 떠올려준다. 서열을 정한 멍의 크기라든지 옥상의 빨래가 사라진다든지 건물이 철거된다는 정황들은 당시의 사연들을 짐작할 수 있게 해준다. 빙과를 먹기 위해서 거짓말을 한 것으로 보이는 아이들은 가난한 아버지를 욕한다. 그것 때문에 "아이들의 혓바닥은 점점" 길어지는 것이다.

또 다른 시 「춤추는 풍선」에 등장하는 "물에 빠져 허우적대던 형의 모습" 또한 "죽은 새"의 이미지와 오버랩되면서 지금의 현실을 환기한다. "죽은 새를 가두기 위해" 바람 부는 대로 흔들리는 삶에서 "직립은 가장 힘든 숙제"였음을 깨닫게 된다.

잎사귀 하나, 내 몸에 물의 피가 고여요 초록 이빨이 자궁을 갉아 먹죠 흔들리는 생각에 흔들리는 아기가 울음을 터트려요

바람 둘, 새가 물어놓은 풍경은 온통 붉은 빛, 추상어들로 꿈이 채워져요

꽃잎 셋, 나비의 숨소리가 들렸어요 구름만큼 고요했고 구름보다 더 유연하게 춤을 췄죠 비가悲歌와 참 잘 어울렸어요

줄기 넷, 잘려진 내가 잎사귀 왼쪽 어귀에 홀로 있을 때, 밤은 숨 쉬고 별은 새롭게 태어나요 벌레 그림자가 공전하고 세상에 하나밖에 없는 세상이 둥둥 떠다니죠

잎사귀 다섯, 거울이 하나씩 생겨나요 당신 오른쪽은 내 왼쪽과 잘 어울리죠 당신이 당신을 버린다면 깨진 거울 조각이 내 발바닥에 가득할 거예요

여백 여섯, 빛을 만져보세요 빨강, 파랑, 하양, 잘린 공간들이 낯선 경계를 만나 또 다른 꽃으로 피어나는 시간,

꽃이 없으니 꽃이라 부르겠어요

—「포토그래프몽타주No.-1 꽃」 전문

포토그래프몽타주 연작은 시인의 시적 방법론을 실험한 대표적 예에 속한다. 포토그래프몽타주는 미술기법으로 사진을 오려 합성 이미지를 만드는 방법론이다. 사진에 글씨를 덧입힐 수도 있는데 시인은 오로지 언어의 힘으로 이 몽타주를

완성하려고 한다. 각 이미지들은 각각 한 연을 이루어 이미지를 만들어나가고 연이 진행될 때마다 점층적으로 의미가 확산되는 경향을 갖는다.

시인은 몽타주 기법을 통해 "가도 가도 끝이 없는 회전문에서 유턴한다/수많은 개체들의 몽타주가 나타났다 사라진다"는 효과를 얻으면서 동시에 "회전문이 몸에서도 우두둑 떨어진다"(「회전문」)는 과정을 기록하려 한다. 위의 시에서 이미지는 잎사귀-바람-꽃잎-줄기-잎사귀-여백으로 이동한다. 즉 시는 잎사귀에서 잎사귀로 회귀하고 여백으로 마무리되면서 큰 그림의 몽타주를 완성한다. '여백 여섯'의 연을 통해 "꽃이 없으니 꽃이라 부르겠어요"라는 마지막 연을 떠받치고 있다. 꽃의 무화가 실행되어야만 새로운 꽃이 태어날 수 있는 것이다. 이러한 방법론은 다른 연작시에서도 각기 다른 스타일과 의미 전개로 이루어지고 있다.

냄새도 색깔도 투명한 맘모스
세면대 위에 우두커니 앉아 담배를 피운다
면도를 하고 넥타이를 맨 채

P의 머리를 툭툭 친다

립스틱을 바르며 P가 웃는다
눈을 떼어 코에 붙인 표정이 흘러내리고
혓바닥이 혓바닥을 친친 감아 물뱀을 낳는 아침
물뱀을 털며 세면대 거울이 쳐다본다

맘모스 뿔은 모자이다
모자는 낱말이다
낱말은 담배연기다
담배연기는 와이파이다
와이파이는 구름이다
부풀어진 구름이 둥둥 떠다닌다

구름을 베어 먹는 맘모스
비대해진 욕실에서 하모니카를 분다
툰드라의 노을빛이 거울에 비친다

맘모스가 구부러진 배수관 아래로 사라져간다

—「세면대 위의 맘모스」전문

　　권기덕이 많은 시에서 주도적으로 만들어가는
기호의 탈주 방식은 위의 시에서 촉발되기 시작한
다. 맘모스가 세면대 위에서 담배를 피운다는 특

별한 설정은 P의 존재와 관계 맺으면서 내용이 진화해나간다. 하지만 P의 존재에 대해서 화자는 친절하지 않다. "립스틱을 바르며" 웃는 모습이 다인 것이다.

이러한 P의 모습은 또 다른 시 「P석」이나 「담」에서도 드러난다. 「P석」에서는 "나는 P석이다"고 자신을 은유의 방식으로 의미화시킨다. P석은 무대를 가장 잘 볼 수 있는 거리를 가진 자리이다. 그러므로 "나와 너 사이에 중요한 건 단지 거리"라고 말한다. 그 '거리'를 통해 시인이 가진 시적 지향점을 가늠해볼 수 있다. 「담」에서도 "담에서 P가 흘러" 내린다고 얘기한다. 거기에서부터 담은 P를 흘려보내고, 담은 P를 닮아간다고 한다. 담을 시의 주체가 되게 하여 P와 함께 갖은 사연들을 동참하게 한다. 그럼으로써 시인의 무의식에 잠재되어 있는 기억의 편린들이 다른 '환幻'의 방식으로 표출할 수 있게 한다.

하지만 여기서 P의 존재를 발견해내는 노력은 하지 않아도 된다. 기호의 발화 뒤에 감춰진 의미 맥락을 뒤쫓는 일은 무용한 것인지 모른다. 중요한 것은 그 기호를 드러내는 화자의 태도일 것이다. 흔히 철학에서 '무의식의 존재성'이라 칭하는

텍스트의 해석은 시인의 무의식을 함께 욕망한
다. 그런 차원에서 언어의 기호에서 촉발한 상황
들의 환상적 세계는 시인의 무의식과 직접적으로
연관을 맺는다.

시를 쓰고 있는 자아가 취할 수 있는 가장 획기
적인 태도는 여전히 시를 쓰고 있다는 행위에 직
접 가담하는 것이다. 'A는 B이다'라는 은유의 세
계를 끊임없이 욕망하는 것. 가령 맘모스의 뿔에
서 모자로, 모자에서 낱말로, 낱말에서 담배연기
로 이동하는 은유의 등식을 언어 행위 속에서 찾
을 때 우리는 일반적 은유의 의미맥락으로 시를
해석하기 불가능하다. 시인의 무의식을 시인이
겪은 경험의 세계로 대치하는 것은 무리한 일이
다. 무엇보다 시인은 언어의 창조자이자 집행자
이기 때문이다.

권기덕은 환상의 세계와 기호의 세계를 모두 넘
나들며 자신의 언어를 부려놓고 있다. 이 환상의
축과 기호의 축은 약간 몸이 다른 성질의 언어를
담지한다. 하나는 카오스적인 감각의 힘으로 터
져 나오고, 다른 하나는 코스모스적인 이성의 힘
으로 밀고 나간다. 권기덕은 이 두 가지 축을 왕래
하며 자신의 언어가 가진 한계를 실험하고 있다.

이 두 가지 축을 오가며 시인은 자신만의 제3의 언어구조를 탐색하는 것이다. 그러한 지평을 찾아 순례하는 시들이 이번 시집일 것이다. 권기덕을 읽으며 때론 차가웠고, 때론 뜨거웠다. 권기덕이 "버리고 간 눈동자"가 여전히 푸른 서슬을 켠 채 지켜보고 있는 것만 같다. 우리는 오래 그 눈동자를 기억할 것이다.

문예중앙시선 41

P

초판 1쇄 발행 | 2015년 11월 30일

지은이 　| 권기덕
발행인 　| 노재현
편집장 　| 박성근
디자인 　| 권오경
마케팅 　| 김동현, 이진규

발행처 　| 중앙북스(주)
등록 　| 2007년 2월 13일 (제2-4561호)
주소 　| (135-010) 서울시 강남구 도산대로 156 jcontentree 빌딩 7층
구입문의 | 1588-0950
홈페이지 | www.joongangbooks.co.kr

ISBN 978-89-278-0701-8 03810

■ 이 시집은 2014년 한국문화예술위원회 아르코문학창작기금을 받았습니다.